letras mexicanas

MUJER QUE SABE LATÍN...

ROSARIO CASTELLANOS

Mujer que sabe latín...

letras mexicanas

FONDO DE CULTURA ECONÓMICA

Primera edición (SepSetentas), 1973
Segunda edición (FCE, Lecturas Mexicanas), 1984
Tercera edición (Letras Mexicanas), 1995
  Segunda reimpresión, 1999

D. R. © 1984, FONDO DE CULTURA ECONÓMICA
D. R. © 1992, FONDO DE CULTURA ECONÓMICA, S. A. DE C. V.
D. R. © 1997, FONDO DE CULTURA ECONÓMICA
Carretera Picacho-Ajusco, 227; 14200 México, D. F.

ISBN 968-16-4824-2 (tercera edición)
ISBN 968-16-1673-1 (segunda edición)

Impreso en México

A
Luis Villoro

LA MUJER Y SU IMAGEN

A LO largo de la historia (la historia es el archivo de los hechos cumplidos por el hombre, y todo lo que queda fuera de él pertenece al reino de la conjetura, de la fábula, de la leyenda, de la mentira) la mujer ha sido, más que un fenómeno de la naturaleza, más que un componente de la sociedad, más que una criatura humana, un mito.

Simone de Beauvoir afirma que el mito implica siempre un sujeto que proyecta sus esperanzas y sus temores hacia el cielo de lo trascendente. En el caso que nos ocupa, el hombre convierte a lo femenino en un receptáculo de estados de ánimo contradictorios y lo coloca en un más allá en el que se nos muestra una figura, si bien variable en sus formas, monótona en su significado. Y el proceso mitificador, que es acumulativo, alcanza a cubrir sus invenciones de una densidad tan opaca, las aloja en niveles tan profundos de la conciencia y en estratos tan remotos del pasado, que impide la contemplación libre y directa del objeto, el conocimiento claro del ser al que ha sustituido y usurpado.

El creador y el espectador del mito ya no ven en la mujer a alguien de carne y hueso, con ciertas características biológicas, fisiológicas y psicológicas; menos aún perciben en ella las cualidades de una persona que se les semeja en dignidad aunque se diferencia en conducta, sino que advierten sólo la encarnación de algún principio, generalmente maléfico, fundamentalmente antagónico.

Si nos remontamos a las teogonías primitivas que tratan de explicarse el surgimiento, la existencia y la estructura del

9

universo, encontraremos dos fuerzas que, más que complementarse en una colaboración armoniosa, se oponen en una lucha en que la conciencia, la voluntad, el espíritu, lo masculino, en fin, subyugan a lo femenino, que es pasividad inmanente, que es inercia.

Sol que vivifica y mar que acoge su dádiva; viento que esparce la semilla y tierra que se abre para la germinación; mundo que impone el orden sobre el caos; forma que rescata de su inanidad a la materia, el conflicto se resuelve indefectiblemente con el triunfo del hombre.

Pero el triunfo, para ser absoluto, requeriría la abolición de su contrario. Como esa exigencia no ocurre, el vencedor —que posa su planta sobre la cerviz del enemigo derribado— siente, en cada latido, una amenaza; en cada gesto, una inminencia de fuga; en cada ademán, una tentativa de sublevación.

Y el miedo engendra nuevos delirios monstruosos. Sueños en que el mar devora al sol en la hora del crepúsculo; en que la tierra se nutre de desperdicios y de cadáveres; en que el caos se desencadena liberando un enorme impulso orgiástico que excita la licencia de los elementos, que desata los poderes de la aniquilación, que confiere el cetro de la plenitud a las tinieblas de la nada.

El temor engendra, a un tiempo, actos propiciatorios hacia lo que los suscita y violencia en su contra.

Así, la mujer, a lo largo de los siglos, ha sido elevada al altar de las deidades y ha aspirado el incienso de los devotos. Cuando no se la encierra en el gineceo, en el harén a compartir con sus semejantes el yugo de la esclavitud; cuando no se la confina en el patio de las impuras; cuando no se la marca con el sello de las prostitutas; cuando no se la doblega con el fardo de la servidumbre; cuando no se la expulsa de la congregación religiosa, del ágora política, del aula universitaria.

Esta ambivalencia de las actitudes masculinas no es más que superficial y aparente. Si la examinamos bien, hallaremos una indivisible y constante unidad de propósitos que se manifiesta enmascarada de tan múltiples maneras.

Supongamos, por ejemplo, que se exalta a la mujer por su belleza. No olvidemos, entonces, que la belleza es un ideal que compone y que impone el hombre y que, por extraña coincidencia, corresponde a una serie de requisitos que, al satisfacerse, convierten a la mujer que los encarna en una inválida, si es que no queremos exagerar declarando, de un modo mucho más aproximado a la verdad, que en una cosa.

Son feos, se declara, los pies grandes y vigorosos. Pero sirven para caminar, para mantenerse en posición erecta. En un hombre los pies grandes y vigorosos son más que admisibles: son obligatorios. Pero ¿en una mujer? Hasta nuestros más cursis trovadores locales se rinden ante "el pie chiquitito como un alfiletero". Con ese pie (que para que no adquiriera su volumen normal se vendaba en la China de los mandarines y no se sometía a ningún tipo de ejercicio en el resto del mundo civilizado) no se va a ninguna parte. Que es de lo que se trataba, evidentemente.

La mujer bella se extiende en un sofá, exhibiendo uno de los atributos de su belleza, los pequeños pies, a la admiración masculina, exponiéndolos a su deseo. Están calzados por un zapato que algún fulminante dictador de la moda ha decretado como expresión de la elegancia y que posee todas las características con las que se define a un instrumento de tortura. En su parte más ancha aprieta hasta la estrangulación; en su extremo delantero termina en una punta inverosímil a la que los dedos tienen que someterse; el talón se prolonga merced a un agudo estilete que no proporciona la base de sustentación suficiente para el cuerpo, que hace precario el equilibrio, fácil la caída, imposible la caminata. ¿Pero quién, si no las sufragistas, se atreve a usar unos zapatos cómodos, que respeten las leyes de la anatomía? Por eso las sufragistas, en justo castigo, son unánimemente ridiculizadas.

Hay pueblos, como el árabe, como el holandés, como algunos latinoamericanos, que no conceden el título de hermosa sino a la obesa. El tipo de alimentación, el sedentarismo de las costumbres permiten merecer ese título. A costa, claro es, de la salud, de la facilidad para desplazarse y de la desenvoltura para moverse. Torpe, pronta a la fatiga, la mujer degenera de la molicie a la parálisis.

Pero hay otros métodos más sutiles e igualmente eficaces de reducirla a la ineptitud: los que quisieran transformar a la mujer en espíritu puro.

Mientras ese espíritu no hace compañía a los ángeles en el empíreo, está alojado, ay, en la cárcel del cuerpo. Mas para que la pesadumbre de ese estado transitorio no abata a su víctima hay que procurar que el cuerpo sea lo más frágil, lo más vulnerable, lo más inexistente posible.

No todas tienen la etérea condición que se les supone. Y entonces es preciso disimular la abundancia de carne con fajas asfixiantes; es preciso eliminarla con dietas extenuadoras. Sexo débil, por fin, la mujer es incapaz de recoger un pañuelo que se le cae, de reabrir un libro que se le cierra, de descorrer los visillos de la ventana al través de la cual contempla el mundo. Su energía se le agota en mostrarse a los ojos del varón que aplaude la cintura de avispa, las ojeras (que si no las proporciona el insomnio ni la enfermedad las provoca la aplicación de la belladona), la palidez que revela a una alma suspirante por el cielo, el desmayo de quien no soporta el contacto con los hechos brutales de lo cotidiano.

Las uñas largas impiden el uso de las manos en el trabajo. Las complicaciones del peinado y el maquillaje absorben una enorme cantidad de tiempo y, para esplender, exigen un ámbito adecuado. El que protege contra los caprichos de la intemperie: la lluvia, que deshace el contorno de las cejas, tan cuidadosamente delineado con un lápiz; que borra el color de las mejillas, tan laboriosa, tan artísticamente aplicado; que degrada los lunares, distribuidos según una calculada estrategia, en irrisorias manchas arbitrarias; que exhibe las imperfecciones de la piel. El viento, que desordena los rizos, que irrita los ojos, que arremolina la ropa.

El hábitat de la mujer bella no es el campo, no es el aire libre, no es la naturaleza. Es el salón, el templo donde recibe los homenajes de sus fieles con la impavidez de un ídolo. Una impavidez que no puede siquiera mostrar la fisura de una sonrisa de vanidad complacida porque el arreglo del rostro se quebraría en mil arrugas reveladoras de la declinación de un astro sujeto, a pesar de todo, a los rigores y avatares de la temporalidad.

Antítesis de Pigmalión, el hombre no aspira, al través de la belleza, a convertir una estatua en un ser vivo, sino un ser vivo en una estatua.

¿Para qué? Para adorarla, aunque sea durante un plazo breve, según se nos dice. Pero también, según no se nos dice, para inmovilizarla, para convertirle en irrealizable todo proyecto de acción, para evitar riesgos.

La mujer, en estado de naturaleza, no pierde sus nexos con las potencias oscuras, irreductibles a la razón, indomeñables por la técnica, que todavía andan sueltas en el orbe, perturbando la lógica de los acontecimientos, desorganizando lo construido, caricaturizando lo sublime.

La mujer no sólo mantiene sus nexos con esas potencias oscuras: *es* una potencia oscura. Nada la hará cambiar de signo. Pero sí puede reducírsela a la impotencia. Por lo pronto, y tal como lo hemos visto, en un plano estético. También, como veremos, en un plano ético.

Aparece y se maneja aquí el concepto de lo que Virginia Woolf llamaba "el hada del hogar", dechado en el que toda criatura femenina debe aspirar a convertirse.

La misma escritora inglesa la define y la describe así:

> es extremadamente comprensiva, tiene un encanto inmenso y carece del menor egoísmo. Descuella en las artes difíciles de la vida familiar. Se sacrifica cotidianamente. Si hay pollo para la comida, ella se sirve del muslo. Se instala en el sitio preciso donde atraviesa una corriente de aire. En una palabra, está constituida de tal manera que no tiene nunca un pensamiento o un deseo propio sino que prefiere ceder a los pensamientos y deseos de los demás. Y, sobre todo —¿es indispensable decirlo?—, el hada del hogar es pura. Su pureza es considerada como su más alto mérito, sus rubores como su mayor gracia.

¿Qué connotación tiene la pureza en este caso? Desde luego es sinónimo de ignorancia. Una ignorancia radical, absoluta de todo lo que sucede en el mundo, pero en particular de los asuntos que se relacionan con "los hechos de la vida" como tan eufemísticamente se alude a los procesos de acoplamiento, reproducción y perpetuación de las especies sexuadas, entre ellas la humana. Pero más que nada, ignorancia de lo que es la mujer misma.

Se elabora entonces una moral muy rigurosa y muy compleja para preservar a la ignorancia femenina de cualquier posible contaminación. Mujer es un término que adquiere un matiz de obscenidad y por eso deberíamos de cesar de utilizarlo. Tenemos a nuestro alcance muchos otros más decentes: dama, señora, señorita y, ¿por qué no?, "hada del hogar".

Una dama no conoce su cuerpo ni por referencias, ni al través del tacto, ni siquiera de vista. Una señora cuando se baña (si es que se baña) lo mantiene cubierto con alguna pudorosa túnica que es obstáculo de la limpieza y también de la perniciosa y vana curiosidad.

Monstruo de su laberinto, la señorita se extravía en los meandros de una intimidad caprichosa e imprevisible, regida por unos principios que "el otro" conoce hasta el punto de localizar y denominar con exactitud cada sitio, cada recodo, y de predicar la utilidad, sentido y limitaciones de cada forma.

La señorita se desplaza a tientas en una anatomía de la que tiene nociones equívocas y desemboca con sorpresa, con terror, con escándalo, en pasadizos oscuros, en sótanos cuyo nombre es secreto de "el otro", y no acierta, no debe acertar ni con la figura que la contiene ni con el funcionamiento de lo que le sirve de habitáculo ni con la salida al campo abierto, a la luz, a la libertad.

Esta situación de confinamiento, que se llama por lo común inocencia o virginidad, es susceptible de prolongarse durante largos años y a veces durante una vida entera.

La osadía de indagar sobre sí misma; la necesidad de hacerse consciente acerca del significado de la propia existencia corporal o la inaudita pretensión de conferirle un significado a la propia existencia espiritual es duramente reprimida y castigada por el aparato social. Éste ha dictaminado, de una vez y para siempre, que la única actitud lícita de la feminidad es la espera.

Por eso desde que nace una mujer, la educación trabaja sobre el material dado para adaptarlo a su destino y convertirlo en un ente moralmente aceptable, es decir, socialmente útil. Así se le despoja de la espontaneidad para actuar; se le prohíbe la iniciativa de decidir; se le enseña a obedecer los mandamientos de una ética que le es absolutamente ajena y que no tiene más justificación ni fundamentación que la de servir a los intereses, a los propósitos y a los fines de los demás.

Sacrificada como Ifigenia en los altares patriarcales, la

mujer tampoco muere: aguarda. La expectativa es la del tránsito de la potencia al acto; de la transformación de la libélula en mariposa, acontecimientos que no van a producirse por efecto de la mera paciencia.

A semejanza del ascetismo para los santos, que no es sino un requisito previo que no compromete a la gracia divina a operar recompensando, la paciencia no obliga al azar que dispensa o niega al agente, al principio activo y catalizador de los procesos naturales: el hombre.

Pero no un hombre cualquiera sino el ungido por el sacramento del matrimonio, gracias al cual el ciclo de desarrollo sublima su origen profano y alcanza la validez necesaria. Así, la posibilidad de plenitud, pecaminosa en condiciones que no sean las prescritas, se cumple en una atmósfera que la vuelve admisible y deseable.

Al través del mediador masculino la mujer averigua acerca de su cuerpo y de sus funciones, de su persona y de sus obligaciones todo lo que le conviene y nada más. A veces menos. Depende de la generosidad o de la destreza o de los conocimientos de los que disponga quien la hace cumplir los ritos de iniciación.

Mas, de una manera tácita o expresa, se le ofrece así la oportunidad de traspasar sus límites en un fenómeno que si no borra, al menos atenúa los signos negativos con los que estaba marcada; que colma sus carencias; que la incorpora, con carta de ciudadanía en toda regla, a los núcleos humanos. Ese fenómeno es la maternidad.

Si la maternidad no fuera más que una eclosión física, como entre los animales, sería anatema. Pero no es ni una eclosión física porque eso implicaría una euforia sin atenuantes que está muy lejos del espíritu que la sociedad ha imbuido en la perpetuación de la vida.

En el claustro materno está sucediendo un hecho miste-

16

rioso, una especie de milagro que, como todos los milagros, suscita estupefacción; es presenciado por los asistentes y vivido por la protagonista, "con temor y temblor". Cuidado. Un movimiento brusco, una imprudencia, un antojo insatisfecho y el milagro no ocurrirá. Nueve interminables meses de reposo, de dependencia de los demás, de precauciones, de ritos, de tabúes. La preñez es una enfermedad cuyo desenlace es siempre catastrófico para quien la padece.

Parirás con dolor, sentencia la Biblia. Y si el dolor no surge espontáneamente, hay que forzarlo. Repitiendo las consejas tradicionales, rememorando ejemplos, preparando el ánimo para dar mayor cabida al sufrimiento, incitando al gemido, a la queja; alentándolos, solicitando su repetición paroxística hasta que irrumpe ese enorme grito que desgarra más los tímpanos de los vecinos de lo que el recién nacido desgarra las entrañas de la parturienta.

¿El precio está pagado? No por completo aún. Ahora el hijo va a ser el acreedor implacable. Su desamparo va a despertar la absoluta abnegación de la madre. Ella velará para que él duerma; se nutrirá para nutrir; se expondrá a la intemperie para abrigar.

Como por arte de magia, en la mujer se ha desarraigado el egoísmo que se suponía constitutivo de la especie humana. Con gozo inefable, se nos asegura, la madre se desvive por la prole. Ostenta las consecuentes deformaciones de su cuerpo con orgullo; se marchita sin melancolía; entrega lo que atesoraba sin pensar, oh no, ni por un momento, en la reciprocidad.

¡Loor a las cabecitas blancas! ¡Gloria eterna "a la que nos amó antes de conocernos"! Estatuas en las plazas, días consagrados a su celebración, etcétera, etcétera.

(A veces, como una mosca en la sopa, leemos en la página roja de un periódico que alguien —aquí un adecuado rasgarse de las vestiduras—, que un ser desnaturalizado ha cometido el crimen del filicidio. Pero es un caso teratológico que no pone en crisis ningún fundamento. Por el contrario, es la excepción que confirma la regla.)

Hemos mencionado la anulación de la mujer en el aspecto estético y en el ético. ¿Será necesario aludir al aspecto intelectual, tan obvio?

Si la ignorancia es una virtud, resultaría contradictorio que, por una parte, la sociedad la preconizara como obligatoria y, por la otra, pusiera los medios para destruirla.

Lo fáctico se refuerza o se hace derivar de lo conceptual. El meollo de los argumentos es que las mujeres no reciben instrucción porque son incapaces de asimilarla.

Dejemos a un lado las diatribas, tan vulgarizadas, de Schopenhauer; los desahogos, tan esotéricos, de Weininger; la sospechosa ecuanimidad de Simmel, y citemos exclusivamente a Moebius, quien, con tenacidad germánica, organizó una impresionante suma de datos para probar científica, irrefutablemente, que la mujer es una "débil mental fisiológica".

No es tarea fácil explicar, se lamenta, en qué consiste la deficiencia mental. Es algo que equidista entre la imbecilidad y el estado normal, aunque para designar este último no disponemos de vocabulario apropiado.

En la vida común se usan dos términos contrapuestos: inteligente y estúpido. Es inteligente el que discierne bien (¿en relación con qué? Pero es una descortesía interrumpir su discurso). Al estúpido, por el contrario, le falta la capacidad de la crítica. Desde el punto de vista científico, lo que suele llamarse estupidez puede ser considerado tanto una anomalía morbosa como una enorme reducción de la aptitud del discernimiento.

Ahora bien, esa aptitud está ligada con las características corpóreas. Un cráneo pequeño encierra, evidentemente, un cerebro pequeño. Y el cráneo de la mujer es minúsculo.

No sólo el peso y el volumen son menores si los comparamos con los del cerebro masculino, sino también el número de circunvoluciones. Siempre, como una fatalidad. A veces con exageración. Rudinger (¿quién será ese ilustre señor?) encontró en una mujer bávara un tipo de cerebro semejante en todo al de las bestias.

Así, pues, ¿para qué gastar la pólvora en infiernitos y querer inculcar, donde es imposible y superfluo, la cultura?

Pero salta a la palestra M. A. de Neuville, otro señor tan ilustre como Rudinger, para contradecirlo haciendo un catálogo de los inventos que nuestra civilización debe al talento femenino:

Mlle. Auerbach fabrica un peine que hace llegar directamente el líquido al cuero cabelludo simplificando el trabajo del peluquero y de la doncella y permitiendo a los elegantes proveerse de peines de diferentes esencias; Mlle. Koller, pensando en los fumadores y en las damas que los imitan, idea una nueva envoltura para cigarrillos preparada con hojas de rosa comprimidas; Mlle. Doré descubre un aparato escénico nuevo para la danza serpentina ejecutada por un animal: perro, mono, oso; Mlle. Aernount, compadecida de los infortunados ciclistas que atropellan liebres en las calles mal empedradas, planea un sistema de velódromo casero; Mlle. Gronwald discurre la posibilidad de un mondadientes aromático y antiséptico con capa superficial soluble; Mme. Hakin presenta una forma de atado para zuecos de caucho que evita la confusión y el descabalamiento de los pares; Mlle. Stroemer…

¡Basta! Coincidamos mejor con Luis Vives en que en la mujer nadie busca primores de ingenio, memoria o liberalidad. Porque si lo busca encuentra extravagancias como las que enumeramos antes o como las que están dispuestas, en cualquier momento, a llevar al cabo las feministas.

No vamos a dejarnos atrapar en la vieja trampa del intento de convertir, por un conjuro silogístico o mágico, al varón mutilado —que es la mujer según santo Tomás— en varón entero. Más bien vamos a insistir en otro problema. El de que, pese a todas las técnicas y tácticas y estrategias de domesticación usadas en todas las latitudes y en todas las épocas por todos los hombres, la mujer tiende siempre a ser mujer, a girar en su órbita propia, a regirse de acuerdo con un peculiar, intransferible, irrenunciable sistema de valores.

Con una fuerza a la que no doblega ninguna coerción; con una terquedad a la que no convence ningún alegato; con una persistencia que no disminuye ante ningún fracaso, la mujer rompe los modelos que la sociedad le propone y le impone para alcanzar su imagen auténtica y consumarse —y consumirse— en ella.

Para elegirse a sí misma y preferirse por encima de lo demás se necesita haber llegado, vital, emocional o reflexivamente a lo que Sartre llama una situación límite. Situación límite por su intensidad, su dramatismo, su desgarradora densidad metafísica.

Monjas que derriban las paredes de su celda como Sor Juana y *la Portuguesa;* doncellas que burlan a los guardianes de su castidad para asir el amor como Melibea; enamoradas que saben que la abyección es una máscara del verdadero poderío y que el dominio es un disfraz de la incurable debilidad como Dorotea y Amelia; casadas a las que el aburrimiento lleva a la locura como Ana de Ozores, o al suicidio como Ana Karenina, después de pasar, infructuosamente, por el adulterio; casadas que con fría deliberación destruyen lo que las rodea y se destruyen a sí mismas porque nada les está vedado puesto que nada importa, como Hedda Gabler, como la marquesa de Marteuil; prostitutas generosas como *la Pintada;* ancianas a quienes los años no han añadido hipocresía

20

como Celestina; amantes cuyo ímpetu sobrepasa su objeto como... como todas. Cada una a su manera y en sus circunstancias niega lo convencional, hace estremecerse los cimientos de lo establecido, para de cabeza las jerarquías y logra la realización de lo auténtico.

La hazaña de *convertirse en lo que se es* (hazaña de privilegiados sea el que sea su sexo y sus condiciones) exige no únicamente el descubrimiento de los rasgos esenciales bajo el acicate de la pasión, de la insatisfacción o del hastío sino sobre todo el rechazo de esas falsas imágenes que los falsos espejos ofrecen a la mujer en las cerradas galerías donde su vida transcurre.

Hacer trizas esa fácil compostura de las facciones y de las acciones; arrojar la fama para que hocen los cerdos; afirmarse como instancia suprema por encima de la desgracia, del desprecio y aun de la muerte, tal es la trayectoria que va desde la soledad más estricta hasta el total aniquilamiento.

Pero hubo un instante, hubo una decisión, hubo un acto en que la mujer alcanzó a conciliar su conducta con sus apetencias más secretas, con sus estructuras más verdaderas, con su última sustancia. Y en esa conciliación su existencia se insertó en el punto que le corresponde en el universo, evidenciándose como necesaria y resplandeciendo de sentido, de expresividad y de hermosura.   □

LA PARTICIPACIÓN DE LA MUJER
MEXICANA EN LA EDUCACIÓN FORMAL

CRONOLÓGICAMENTE están distantes los tiempos en los que se discutía en los concilios teológicos si la mujer era una criatura dotada de alma o si debía colocársela en el nivel de los animales o de las plantas, de la pura materia, ansiosa de recibir la forma que sólo podía serle conferida al través del principio masculino.

La caridad cristiana hizo a la mujer la merced de concederle, al menos en teoría, una igualdad espiritual con el hombre y una susceptibilidad de salvación o de condenación a la vida eterna. Pero mientras durara la vida transitoria en este valle de lágrimas, la mujer tendría que estar absolutamente sujeta (desde el punto de vista económico, intelectual y social) a quien fungía como cabeza de la familia, que no podía ser otro que el padre, el hermano, el esposo, el cuñado, el varón que por su edad, su saber y su gobierno poseyera la autoridad máxima dentro del núcleo familiar.

El ideal femenino de la cultura de Occidente (de la que —en gran parte— somos herederos) presenta una serie de constantes que se manifiestan a lo largo de los siglos y varían apenas con las latitudes que abarcan. La mujer fuerte que aparece en las Sagradas Escrituras lo es por su pureza prenupcial, por su fidelidad al marido, por su devoción a los hijos, por su laboriosidad en la casa, por su cuidado y prudencia para administrar un patrimonio que ella no estaba capacitada para heredar y para poseer. Sus virtudes son la constancia, la lealtad, la paciencia, la castidad, la sumisión, la humildad, el recato, la abnegación, el espíritu de sacrificio, el regir todos sus actos por aquel precepto evangélico de que los últimos serán los primeros.

¿Qué diferencia hay entre esta mujer y la matrona romana? En ambas es también común el rechazo del lujo, de los entretenimientos y devaneos mundanos, las relaciones ni siquiera amistosas, mucho menos eróticas, con gente del sexo contrario, y aun la familiaridad con gente del mismo sexo, salvo cuando existe un lazo de parentesco.

Durante el Medievo y el Renacimiento se continuaron y se fortalecieron tales tradiciones. Cuando Juan Luis Vives redacta su *Instrucción de la mujer cristiana* o Fray Luis de León escribe y describe su visión utópica de *La perfecta casada* no encontramos ninguna novedad sustancial. El ámbito en el que transcurre la existencia femenina es el de la moral. Este hecho es el resultado de que a las mujeres se les haya reconocido que poseían alma. Lo que nunca se les había negado es que poseyeran lo obvio: el cuerpo. Así que el otro ámbito de desarrollo de la vida de la mujer será el biológico.

Animal enfermo, diagnostica san Pablo. Varón mutilado, decreta santo Tomás. La mujer es concebida como un receptáculo de humores que la tornan impura durante fechas determinadas del mes, fechas en las cuales está prohibido tener acceso a ella porque contagia su impureza a lo que toca: alimentos, ropa, personas. Escenario en el que va a cumplirse un proceso fascinante y asqueroso: el del embarazo. Durante esa larga época la mujer está como poseída de espíritus malignos que enmohecen los metales, que malogran las cosechas, que hacen mal de ojo a las bestias de carga, que pudren las conservas, que manchan lo que contemplan. Es por eso, más que por temor a un aborto, por lo que hay que mantener resguardada a la mujer que está gestando un hijo. Y cuando sobrevenga el parto será como el rayo del castigo divino y se

23

entablará una lucha entre el hijo y la madre en la que la sabiduría de la naturaleza dictará el desenlace.

Pero cuando el desenlace no se produce de manera oportuna y ortodoxa y están en juego las dos vidas, la ley manda salvar la vida del niño y sacrificar la otra.

Y ¿por qué había de darse preferencia a un simple vehículo para la perpetuación de la especie y no a lo que tiene más valor: una persona? Porque es esto, personalidad, lo que aún no ha alcanzado la mujer. Pasivamente acepta convertirse en musa, para lo que es preciso permanecer a distancia y guardar silencio. Y ser bella. Esto es, sujetarse a todos los caprichos de la moda, que unas veces la quiere obesa hasta el punto de no acertar a moverse, y otras esbelta hasta el punto de no poder ejecutar el más mínimo movimiento sin sufrir un desmayo, producido por su plausible debilidad y por la asfixia que le produce el corsé que la ciñe con ballenas de acero. Y el pie oprimido por el calzado minúsculo, y la cabeza agobiada por el peso de la peluca que, en ocasiones, requiere un ayudante para ser sostenida. Parafraseando a Sor Juana, se podría decir que cabeza tan desnuda de noticias, bien merecía estar tan cubierta de zarandajas.

¿Pero es que no hubo excepciones? Naturalmente que sí. Las indispensables para confirmar la regla. Y en el punto al que estamos refiriéndonos no se trataba de mujeres rebeldes sino de criaturas marginadas: las prostitutas que, si bien es cierto que no se encontraban bajo la potestad directa de ningún hombre, también es verdad que carecían de ningún amparo legal y que no disponían para defenderse más que de las armas que les proporcionara la seducción en la juventud y la astucia en la vejez. Armas que manejaban sin escrúpulos, a la desesperada, y con las que sólo lograron la victoria pírrica de sobrevivir en un ambiente que las rechazaba, las condenaba, las maldecía.

Y el otro extremo: las excepciones sublimes de las que estaban revestidas de majestad o que exhibían los estigmas de las santas. El halo de lo sobrenatural o el cetro del poder las colocaba más allá de las limitaciones de su sexo. ¡Pero fueron tan pocas que por ello resultan memorables!

Pero las otras, "la masa de perdición" que decía san Agustín, se conformaban con desempeñar, del modo más irreprochable posible, el papel que la sociedad les había asignado. Que era —además— el de las depositarias del honor masculino. La limpieza de un linaje dependía de la conducta de la esposa o de la hija, y ya no digamos la más insignificante veleidad sino la más leve sospecha de que el honor había sido mal guardado, ameritaba la punición de la muerte.

¿Qué ocurría con estas mujeres sometidas a exigencias tan altas y dueñas de los medios más precarios? Para preservar su virtud no se les enseñaba a discernir entre el bien y el mal, a reconocer el mal bajo las diferentes máscaras que adopta, ni se les instruía acerca de la mecánica de las pasiones para que adquirieran la posibilidad de manejarlas y dominarlas, sino que se las mantenía en la más absoluta ignorancia y sólo se les inculcaba la práctica de ciertas devociones religiosas, una práctica que no iba más allá de una mera repetición de frases desprovistas de significado y de gestos rituales y sin sentido. Ocurría que las mujeres, incapaces de comprender la razón de las exigencias que emanaban desde arriba ni de disponer de los medios para cumplirlas, tenían que simular continencia cuando lo que las devoraba era la lascivia; desasimiento cuando estaban desvanecidas por los embelecos del mundo; honestidad cuando lo único que maquinaban era burla y su piedad fingimiento y su obediencia cinismo.

Se ha acusado a las mujeres de hipócritas, y la acusación no es infundada. Pero la hipocresía es la respuesta que a sus opresores da el oprimido, que a los fuertes contestan los débiles, que los subordinados devuelven al amo. La hipocresía es la consecuencia de una situación, es un reflejo condicionado de defensa —como el cambio de color en el camaleón— cuando los peligros son muchos y las opciones son pocas.

Una situación. Hemos descrito a grandes rasgos la situación europea hasta los siglos xv y xvi. Traslademos ahora la acción al Nuevo Mundo, en el que se había desarrollado una serie de civilizaciones con sello severamente patriarcal y en el que la violencia del choque entre vencedores y vencidos llegó aun a presidir los ayuntamientos sexuales.

Recordemos que en la primera pareja de nuestros antecesores la Malinche fue entregada como esclava a Cortés y que él la usó según sus conveniencias y sus apetitos. Intérprete, madre de sus hijos, en los momentos turbulentos de la Conquista. Y después —para recompensar sus servicios y darle un rango dentro de la sociedad que estaba comenzando a integrarse— esposa de un soldado.

Porque Cortés tenía el ánimo generoso y quiso premiar de alguna manera a quien tan incondicionalmente se le había entregado y tan eficazmente lo había servido. Por desgracia, el ejemplo de Cortés no fue imitado con frecuencia. La concubina india fue tratada como un animal doméstico y, como él, desechada al llegar al punto de la inutilidad. En cuanto a los bastardos nacidos de ella, eran criados como siervos de la casa grande mientras la esposa, venida de más allá "de la mar salobre", gozaba de los dudosos privilegios de la legitimidad y se iba aclimatando a estas tierras en donde el amo y señor era tan absoluto que llegaba a olvidar las fórmulas de cortesía y las precauciones de trato vigentes en la metrópoli y ella se veía obligada a descender del pedestal de dama (tan laboriosamente construido por las castellanas y los trovadores del siglo xiii) para convertirse en la fecunda paridora de quienes habrían de heredar las vastas encomiendas, los apellidos cada vez más largos, los títulos de nobleza, los proyectos que no alcanzaron a cumplirse en los términos de una generación, las ambiciones, los dominios, las riquezas, el poder.

Naturalmente que para cumplir con este cometido la mujer no necesita, como dijo el clásico, "elocuencia ni bien hablar, grandes primores de ingenio ni administración de ciudades, memoria o liberalidad". Basta un buen funcionamiento de las hormonas, una resistencia física suficiente y una salud que sería otro de los dones para transmitir.

Por eso es que nadie se ocupa ni se preocupa porque las mujeres estudien. Si acaso, se les enseñan los rudimentos del alfabeto, y cuando surge un monstruo, como lo es para su época y sus contemporáneos Sor Juana, no habrá manera ni de clasificarla ni de asimilarla ni de colocarla. Cuando, agotada la biblioteca de su abuelo, aspira a recibir la educación superior, piensa en disfrazarse de hombre para que se le abran las puertas de la Real y Pontificia Universidad, porque en sus claustros únicamente discurren graves doctores y se reúnen a discutir los problemas del ente y de la esencia y otros asuntos inaccesibles para quienes sólo han mostrado habilidad en el manejo de la rueca.

Las condiciones permanecen más o menos idénticas varios siglos más tarde, y cuando una conspiradora, doña Josefa Ortiz de Domínguez, quiere avisar al cura Hidalgo que han sido descubiertos, no puede manuscribir su recado porque no sabe. Y otra de nuestras heroínas de la Independencia, doña Leona Vicario, es tan ignorante a pesar de sus lecturas de autodidacta que en cierta ocasión en que se ocupaba de faenas de la cocina y se hirió con un cuchillo en un dedo, quedó maravillada de que la sangre que manaba de la herida no hubiera sido azul sino roja, roja como la de la servidumbre que la ayudaba, roja como la de las esclavas que la servían.

Basta de anécdotas y de historia. Estamos en 1970* y la instrucción primaria y aun la secundaria son obligatorias para todos los ciudadanos mexicanos y la mujer mexicana adquiere su carta de ciudadanía desde el 18 de enero de 1946.

En principio todos deben y pueden educarse. En la realidad las cosas tienen su más y su menos. En una familia el factor principal que determina la oportunidad de la educación, en los niveles elementales, de sus hijos, es el factor económico. Si los medios abundan no se discrimina en función del sexo de los educandos. Pero cuando es preciso elegir quién ha de aprender las primeras letras y las cuatro operaciones aritméticas porque le van a ser indispensables para abrirse paso en la vida, se elige a los varones. A las mujeres se les adiestra en las labores del hogar y se les prepara, como se ha hecho secularmente, para el matrimonio.

Cuando el estudiante ha rebasado los límites de la escuela elemental, la familia es capaz de sacrificarse para proporcionar al varón una carrera que le permita ostentar un título universitario. Este sacrificio implica, en muchas ocasiones, que las mujeres quedarán recluidas en su casa, esperando la llegada del príncipe azul o, si se vive en un ambiente en que ya es usual la incorporación femenina a las actividades económicas nacionales, se les inscribe en academias en las cuales se les prepara, rápidamente, para desempeñar un puesto de secretaria, de contadora pública, de recepcionista, de cultora de belleza, etcétera. Un puesto que no exige muchos conocimientos y que por lo mismo no se paga con grandes sueldos. Un puesto que no implica grandes responsabilidades pero que también carece de perspectivas de mejoría. Un puesto que, aunque en ocasiones muy frecuentes se desempeña durante la vida entera, se asume desde el principio hasta el fin como si fuera provisional. Es una especie de "ten-

* Año en que originalmente apareció este artículo.

tempié"; algo que se hace mientras la mujer encuentra quién la mantenga y quién acepte que dependa de él. Y es precisamente esta manera de asumir el trabajo la que le impide que se desarrolle en las mujeres que trabajan y que reciben un sueldo adquirir con ello un cierto grado de independencia, que aunque es real se experimenta como ficticio.

Sin embargo, las aulas universitarias se ven alegradas, como diría un cronista de sociales, con la presencia de bellas señoritas. Estamos lejos de los tiempos en que los maestros de medicina legal de la Facultad de Derecho se negaban a dictar su cátedra si en el auditorio había elementos femeninos porque les parecía delicado herir los castos oídos de las alumnas con los nombres de las partes pudendas del cuerpo humano o las descripciones de delitos que seguramente jamás habían imaginado.

Estamos lejos del momento en que Zoraida Pineda Campuzano era la primera y única mujer que asistía a los cursos de filosofía en Mascarones y esta extravagancia era vista con condescendencia por los profesores y con un poco de burla por sus compañeros, ante quienes ella exhibía siempre un atuendo irreprochable: sombrero y guantes, para no permitirles que olvidaran su calidad de mujer decente, "a pesar de todo".

No, ahora las estadísticas nos señalan que hay 4 500 alumnas en la Escuela de Comercio y Administración de la Universidad Nacional Autónoma de México y en el resto de las instituciones privadas y las escuelas de altos estudios que existen en el país. La cifra es baja si consideramos la totalidad de la población y más aún si la comparamos con la cifra de los alumnos: 31 600. La diferencia numérica entre unas y otros es de un 14%.* Una diferencia que nadie se preocupa

* Para ser precisos, las alumnas representan 14% respecto de los alumnos; pero la diferencia entre unas y otros es realmente 75%. [N. del E.]

por abatir porque todavía no se ha desarraigado el prejuicio de que la mujer que estudia es una mala inversión para el Estado, cuando el Estado es el que costea la educación, y un despilfarro para la familia. Porque las estudiantes, o desertan a la mitad de la carrera, traspasadas por las flechas de Cupido, o no ejercen la profesión aunque hayan recibido el título que las faculta para ello, porque siguen prefiriendo el mucho más glorioso y todavía, en muchos sentidos, exclusivo, de esposa y madre. Aunque, desde luego, un título es un pararrayos en caso de divorcio o de viudez. Casos de desgracia, desde luego, por fortuna todavía excepcionales. Pero hay otro del que no se habla: el caso del marido que no se da abasto para el sostenimiento del hogar y que se niega a aceptar la ayuda de su compañera porque lo considera humillante. —Y ¿a cuenta de qué tiene que trabajar cuando hay un hombre que la respalda?— La mujer trabaja y contribuye al sostenimiento de la casa, y el marido hace como que no lo nota. Y para que no sufra mengua su autoridad, que es lo que está en juego, el marido exagera sus manifestaciones y se vuelve tiránico y agresivo. Y la mujer, que no ignora que es ella el detonador de tal violencia, soporta los malos tratos porque, en muchos modos, se siente acreedora a ellos.

Contemplemos este asunto ya no a la luz de la sagrada institución del matrimonio sino según el criterio de la empresa que ha contratado a la mujer. ¿En qué actitud se presenta la que aspira a ocupar el puesto que ha visto anunciado en los periódicos? En una actitud furtiva y vergonzante. No aspira a destacar por su eficiencia sino a pasar inadvertida por su insignificancia. ¡No vaya a ir alguno con el chisme a su familia y se le venga abajo el teatrito! Y en cuanto a espíritu competitivo, *¡vade retro*, Satanás! Todo hombre es la representación de la figura del padre, venerable siempre, o de la del esposo, digna del mayor respeto. Así que si se encuentran en una oficina el hombre y la mujer en paridad de condiciones y él tiene un despacho más ostentoso o un nombramiento más rimbombante, a ella le parece un fenómeno natural contra el que no hay que rebelarse. Si en la misma paridad de condiciones el hombre percibe una remuneración más elevada, eso es lo normal. Por algo es hombre y tiene a su cargo una familia que sostener, ¿no? Y si los casos delicados se le confían a él y no a ella, en el fondo del alma la mujer lo agradece. ¿Qué hubiera hecho con tal papa caliente entre las manos? Alterarse, padecer insomnio, volverse irritable... todo lo cual repercute en sus relaciones conyugales y las deteriora. Y ella, como dicen los versos inmortales del vate Díaz Mirón, nació como la paloma para el nido. Y como bien la aleccionó don Melchor Ocampo en su epístola, su misión es la de ser como un bálsamo que cura las heridas que el hombre sufre en su enfrentamiento diario de la vida.

Pero a veces la responsabilidad no puede delegarse en otro. Como en el caso del ejercicio de la medicina, actividad a la que se dedican en México 3 500 mujeres, según datos proporcionados por la Asociación Nacional de Universidades e Institutos de Enseñanza Superior, contra 19 500 médicos, lo que da un porcentaje de 18% de diferencia en los números.*

Aunque no muy reciente, y quizá ya inaplicable a las circunstancias actuales, vale la pena recordar una obra dramática de María Luisa Ocampo: su título es *La virgen fuerte* y la protagonista es una mujer con un carácter sólido y con una vocación muy firme, cualidades ambas que la hacen vencer todos los obstáculos que se le oponen para lograr sus propósitos de consagrar su vida a la curación de los enfermos. Es una estudiante ejemplar y una profesionista escrupulosa, lo cual le hace merecer la confianza de sus superiores, de sus colegas y de su clientela. Pero... el eterno pero: tiene una

---

* Las mujeres representan 18% respecto de los hombres; la diferencia es 69%.

alma demasiado sensible en relación con los niños a los que atiende y no puede soportar ver sus sufrimientos. El clímax de la obra llega cuando la protagonista tiene que atender a un niño que sufre de dolores incoercibles e incurables. El espectáculo la trastorna de tal modo que, sin encomendarse ni a Dios ni al diablo y olvidando el juramento de Hipócrates y todas las leyes divinas y humanas, aplica al doliente la eutanasia, lo que no sólo destruye su vida profesional sino también su existencia como persona porque los remordimientos la sobrepasan.

Claro que se trata de una ficción y de que cualquier semejanza con sucesos y personas reales es pura coincidencia. Pero no deja de ser digno de ser observado un hecho: el conflicto latente o actual entre la potencia intelectiva y las potencias afectivas de la mujer. En *La virgen fuerte* el conflicto surge desde el momento en que la protagonista renuncia a su vida amorosa para dedicarse al ejercicio de su profesión. La renuncia es aquí voluntaria, deliberada, porque considera ambos extremos incompatibles. Pero ¿en cuántos casos la renuncia no es impuesta desde afuera por una sociedad que todavía no admite que el desarrollo de una serie de capacidades no va en detrimento de la práctica de una serie de rutinas? ¿En cuántos casos las mujeres no se atreven a cultivar un talento, a llevar hasta sus últimas consecuencias la pasión de aprender, por miedo a la soledad, al juicio adverso de quienes las rodean, al aislamiento, a la frustración sexual y social que todavía representa entre nosotros la soltería?

Porque no se elige ser soltera como una forma de vida sino que, la expresión ya lo dice, se queda uno soltera, esto es, se acepta pasivamente un destino que los demás nos imponen. Quedarse soltera significa que ningún hombre consideró a la susodicha digna de llevar su nombre ni de remendar sus calcetines. Significa no haber transitado jamás de un modo de ser superfluo y adjetivo a otro necesario y sustancial. Significa convertirse en el comodín de la familia. ¿Hay un enfermo que cuidar? Allí está Fulanita, que como no tiene obligaciones fijas... ¿Hay una pareja ansiosa de divertirse y no halla a quién confiar sus retoños? Allí está Fulanita, que hasta va a sentirse agradecida porque durante unas horas le proporcionen la ilusión de la maternidad y de la compañía que no tiene. ¿Hace falta dinero y Fulanita lo gana o lo ha heredado? Pues que lo dé. ¿Con qué derecho va a gastarlo todo en sí misma cuando los demás, que sí están agobiados por *verdaderas* necesidades, lo requieren? Y ¿por qué las necesidades de los demás son verdaderas y las de la soltera son apenas caprichos? Porque lo que ella necesita lo necesita para sí misma y para nadie más, y eso, en una mujer, no es lícito. Tiene que compartir, dar. Sólo justifica su existencia en función de la existencia de los demás.

Y si a la soltera le tocó en suerte estar sola, ¿por qué no disfrutar, al menos, de las ventajas de la soledad? De ninguna manera. Debe *arrimarse* (ésta es la palabra y nos evoca el refrán de que el muerto y el arrimado a los tres días apestan, lo que describe muy bien la calidad de esa condición). Debe arrimarse, decíamos, a un núcleo familiar cualquiera. Si faltan los padres, quedan los hermanos o los primos o los tíos. Ellos le proporcionan el respaldo que le falta, el respeto que no merece por sí misma, que no conquistará sean cuales sean sus hazañas.

¿No estoy refiriéndome al siglo xix? ¿No estoy concretándome a las mujeres provincianas? No. Quizás estoy pasando por algunas salvedades que yo quisiera que fueran muy abundantes, pero que mucho me temo que son más bien escasas. Si algunas mujeres logran liberarse de lo que Alfonsina Storni llamó "las tenazas dulces y a la vez enfriadas del patriarcado", es porque en algunos sectores de nuestra sociedad, en algunos grupos urbanos, la familia comienza a desintegrarse. La mujer escapa aprovechando la desbandada general. Pero allí donde la familia guarda su cohesión y su fuerza, no le queda a la mujer más alternativa que la rendición incondicional o que la ruptura completa.

Y una ruptura no se logra sin un gran gasto de energía, sin desgarramientos interiores que muchas veces marcan para siempre a quien los ha sufrido, pero que siempre disminuyen, mientras se padecen, la capacidad de atención que debe dedicarse a los estudios, siempre merman la posibilidad de rendimiento que habrá de lograrse en el trabajo.

Podrá rebatírseme muy fácilmente citándome casos (ignoro si existen las estadísticas pero no me interesaría mucho conocerlas) de mujeres que han logrado conciliar su carrera con su matrimonio. Un milagro es precisamente la negación o la abolición momentánea de la ley natural. Pero sí hay una estadística recogida por María del Carmen Elu de Leñero que es muy ilustrativa en tanto que nos informa quién de los dos miembros de la pareja decide si la mujer trabaja o no; según los datos que proporciona la mujer, es el hombre el que en un 57% de veces permite o impide trabajar a la mujer. Según el hombre mismo, es él quien en un 74% de veces permite o impide trabajar a su mujer.

Si los datos en sí ya son desoladores, no resulta menos deprimente esa discrepancia. ¿Quién de los dos se engaña respecto a la libertad de que disfruta y respecto a la autoridad que detenta? Tradicionalmente, hasta ahora es el hombre el que ha sido engañado por la hipocresía femenina. Si esa tradición continúa vigente quiere decir que la oportunidad concedida a las mujeres de adquirir un adiestramiento, unos conocimientos, una cultura en fin, no ha hecho variar sus actividades y no la ha vuelto ni más auténtica ni más responsable porque esa oportunidad y su aprovechamiento tampo-

34

co han modificado de una manera esencial la situación de la mujer en la sociedad, situación que continúa siendo enajenada.

Lo cual no nos interesa como cuadro de costumbres (ya nos darán su testimonio los novelistas y los historiadores de esta época de transición), sino que nos preocupa en tanto que una mujer que no ha adquirido y no se reconoce ni le reconocen la categoría de persona será una deficiente profesionista. Y no importa que se nos diga que hay 2 600 químicas y 2 250 abogadas si su eficiencia está todavía en tela de juicio. Tanto es así que todavía el cliente sigue prefiriendo recurrir a los servicios de un profesionista varón. ¿Cuántos confían la construcción de su casa a una de las 664 arquitectas que egresaron de nuestros planteles? Una casa es mucho dinero, muchos años de ilusiones y de privaciones como para permitir que los tire por la borda una señorita histérica o una señora obsesionada por las ausencias nocturnas de su marido. Además de que ninguna de las dos sabrá cómo lidiar con esa plebe que son los albañiles. No, en último caso más vale un maestro de obras. Y la flamante arquitecta se quedará con su título colgado en un despacho vacío y acabará por asociarse con una firma en la que los que dan la cara son los hombres, aunque ella sea la que haga el trabajo.

Pero estoy mintiendo, podría argüirme cualquiera de ustedes. ¿Por qué no cito los nombres, tan bien conocidos y famosos de Ruth Rivera, de Ángela Alessio Robles, de María Lavalle Urbina? No porque no los conozca ni porque no los admire sino porque son casos aislados, aunque añadamos el de Ifigenia Navarrete y el de Ana María Flores. Cada una en su campo muestra, como el caso de Benito Juárez (un indio que llegó a escalar la más alta cumbre en el mundo de la política y a ocupar la presidencia de la república y a ser paradigma de patriotas y espejo de gobernantes), muestra, decíamos, la posibilidad pero no la costumbre establecida, la golondrina, no el verano.

Nos movemos en un círculo vicioso. Me figuro que muchas mujeres profesionistas se preguntarán, a la hora del balance, si habrá valido la pena afrontar tantas hostilidades, correr tantos riesgos, soportar tantas humillaciones para recoger tan exigua cosecha. Y la cosecha no aumentará mientras no aumente el prestigio de quien desempeña muy bien su oficio. Y el prestigio será una resultante de la eficacia, y la eficacia depende en mucho del equilibrio interior. Un equilibrio interior que todo conspira a destruir.

Y sin embargo, hay que hacer algo por romper ese círculo. Lo más urgente es explorar la magnitud y la profundidad del problema. ¿Qué es lo que fundamentalmente impulsa a una mujer en México a salirse del molde tradicional y a buscar en la educación una vía para realizarse? ¿Hasta qué punto logra, por medio de la educación, la independencia económica? ¿Hasta qué punto acepta esa independencia como una conquista o la soporta como una culpa? ¿Hasta qué punto la independencia económica encuentra un correlato en la responsabilidad moral y en la autonomía social? Una mujer preparada, como se dice, una mujer que aporta su ayuda para el sostenimiento del hogar paterno o conyugal, ¿recibe un trato semejante o distinto al de una mujer parasitaria? Si el trato es semejante, ¿cómo recibe esta injusticia? Si el trato es distinto, ¿es mejor o peor? Si el trato es peor, ¿lo acepta sin protestar? Si lo acepta sin protestar, ¿por qué? Si no lo acepta, ¿a qué se expone?

El cuestionario podría ser formulado con mucho más rigor, y por lo tanto con mucho más fruto, por un especialista en estas cuestiones. Yo sólo me guío por la intuición estética, por la observación de lo que ocurre en torno mío y por algunas experiencias en cabezas ajenas y en la propia. Nada más.

El cuestionario sería un primer paso dado en la dirección

conveniente. Hasta ahora el grupo, demasiado reducido aún, de mujeres que completaron su ciclo de educación superior, tiende a situarse en el lugar donde nació Sor Juana: Nepantla, la tierra de en medio, el lugar de la falta de ubicación. Hasta ahora ese grupo, demasiado reducido aún, de mujeres profesionistas tiende a considerarse como integrado por criaturas mutantes, criaturas que atraviesan ese momento de transición en que se tienen todas las desventajas de lo que se ha abandonado y no se alcanza aún la posesión plena de las ventajas de aquello hacia lo que se ha tendido.

¿No contribuiría a acelerar el tránsito, a disminuir el dolor, el tener una clara y exacta conciencia de cómo está ocurriendo lo que está ocurriendo? Vivir con lucidez lo que ahora únicamente se experimenta como malestar implicaría un cambio radical de actitud interna que se reflejaría inmediatamente en la conducta exterior.

Y difundir esta conciencia por todos los medios a nuestro alcance. Los hombres no son nuestros enemigos naturales, nuestros padres no son nuestros carceleros natos. Si se muestran accesibles al diálogo tenemos abundancia y variedad de razonamientos. Tienen que comprender, porque lo habrán sentido en carne propia, que nada esclaviza tanto como esclavizar, que nada produce una degradación mayor en uno mismo que la degradación que se pretende infligir a otro. Y que si se le da a la mujer el rango de persona que hasta ahora se le niega o se le escamotea, se enriquece y se vuelve más sólida la personalidad del donante.

Pero aún queda el rabo por desollar: lo más inerte, lo más inhumano, lo que se erige como depositario de valores eternos e invariables, lo sacralizado: las costumbres. La costumbre de una relación sadomasoquista entre el hombre y la mujer en cualquier contacto que establezcan. La costumbre de que el hombre tenga que ser muy macho y la mujer muy abnegada. La complicidad entre el verdugo y la víctima, tan vieja que es imposible distinguir quién es quién.

Ante esto yo sugeriría una campaña: no arremeter contra las costumbres con la espada flamígera de la indignación ni con el trémolo lamentable del llanto sino poner en evidencia lo que tienen de ridículas, de obsoletas, de cursis y de imbéciles. Les aseguro que tenemos un material inagotable para la risa. ¡Y necesitamos tanto reír, porque la risa es la forma más inmediata de la liberación de lo que nos oprime, del distanciamiento de lo que nos aprisiona!

Quitémosle, por ejemplo, la aureola al padre severo e intransigente y el pedestal a la madre dulce y tímida que se ofrece cada mañana para la ceremonia de la degollación propiciatoria. Los dos son personajes de una comedia ya irrepresentable y además han olvidado sus diálogos y los sustituyen por parlamentos sin sentido. Sus actitudes son absurdas porque el contexto en que surgieron se ha transformado y la gesticulación se produce en el vacío.

Quitémosle, por ejemplo, al novio formal ese aroma apetitoso que lo circunda. Se valúa muy alto y se vende muy caro. Su precio es la nulificación de su pareja y quiere esa nulificación porque él es una nulidad. Y dos nulidades juntas suman exactamente cero y procrean una serie interminable de ceros.

Quitémosle al vestido blanco y a la corona de azahares ese nimbo glorioso que los circunda. Son símbolos de algo muy tangible y que deberíamos de conocer muy bien, puesto que tiene su alojamiento en nuestro cuerpo: la virginidad. ¿Por qué la preservamos y cómo? ¿Interviene en ello una elección libre o es sólo para seguir la corriente de opinión? Tengamos el valor de decir que somos vírgenes porque se nos da la real gana, porque así nos conviene para fines ulteriores o porque no hemos encontrado la manera de dejar de serlo. O que no lo somos porque así lo decidimos y contamos con una colaboración adecuada. Pero, por favor, no sigamos enmascarando nuestra responsabilidad en abstracciones que nos son absolutamente ajenas como lo que llamamos virtud, castidad o pureza y de lo que no tenemos ninguna vivencia auténtica.

La maternidad no es, de ninguna manera, la vía rápida para la santificación. Es un fenómeno que podemos regir a voluntad. Y sepamos, antes de tener los hijos, que no nos pertenecen y que no tenemos derecho a convertirlos en los chivos expiatorios de todas nuestras frustraciones y carencias sino la obligación de emanciparlos lo más pronto posible de nuestra tutela.

Y en cuanto a los maridos, no son ni el milagro de san Antonio ni el monstruo de la laguna negra. Son seres humanos, lo cual es mucho más difícil de admitir, de reconocer y de soportar que esos otros fantasmas que nos hacen caer de rodillas por la gratitud o que nos echan a temblar por el miedo. Seres humanos a quienes nuestra inferioridad les perjudica tanto o más que a nosotras, para quienes nuestra ignorancia o irresponsabilidad es un lastre que los hunde. Y que para escapar de una condición que no aguantan y que no modifican porque no la entienden se dan, como lo proclaman nuestras más populares canciones, a la bebida y a la perdición... cuando no desaparecen del mapa.

Pero basta de color local. Quedamos en un punto: formar conciencia, despertar el espíritu crítico, difundirlo, contagiarlo. No aceptar ningún dogma sino hasta ver si es capaz de resistir un buen chiste.

Por lo demás, estamos apostando sobre seguro. De nada vale aferrarse a las tablas de un navío que naufragó hace muchos años. El nuevo mundo, en el que hemos de habitar y que legaremos a las generaciones que nos sucedan, exigirá el esfuerzo y la colaboración de todos. Y entre esos todos está la mujer, que posee una potencialidad de energía para el trabajo con la que ya cuentan los sociólogos que saben lo que traen entre manos y que planifican nuestro desarrollo. Y a quienes, naturalmente, no vamos a hacer quedar mal. ☐

LA MUJER ANTE EL ESPEJO:
CINCO AUTOBIOGRAFÍAS

LA MUJER, según definición de los clásicos, es un varón mutilado. Pero no obstante lo que este concepto indica de fealdad intrínseca y extrínseca, de parálisis en el desarrollo, de despojo violento, no ha habido mujer que haya desperdiciado la oportunidad de contemplar su imagen reflejada en cuantos espejos le depara su suerte. Y cuando el cristal de las aguas se enturbia y los ojos del hombre enamorado se cierran y las letanías de los poetas se agotan y la lira enmudece, aún queda un recurso: construir la imagen propia, autorretratarse, redactar el alegato de la defensa, exhibir la prueba de descargo, hacer un testamento a la posteridad (para darle lo que se tuvo pero ante todo para hacer constar aquello de lo que se careció), evocar su vida.

El modo de la evocación cambia con las épocas. Santa Teresa, santa al fin, al fin española, al fin espíritu de la Contrareforma, apela a la obediencia para que le sea lícito hablar de esa "puerta del infierno" que, a la manera de ver de la patrística, era su cuerpo de muchacha hermosa, sus manos aliñadas y finas, su "cuello, cabello, labio y frente" en los que se gozaba su vanidad y se posaba la mirada concupiscente de los otros. Hasta que la gracia la señaló e hizo que aquella "fermosa cobertura" hablara otro lenguaje que el de las mentirosas apariencias: el lenguaje del dolor incomportable, el de las llagas y la invalidez, vía estrecha para llegar a un punto en el que se accede a lo inefable.

De los coloquios con la divinidad vuelve inflamada de celo

41

apostólico para realizar una tarea muy concreta y muy precisa: insuflar en la orden carmelita el fervor primitivo. Lo sublime se manifestará en actos menudos que Teresa recoge por lo que contienen: "Dios anda en los pucheros". ¿Cómo iba a alejarse de él su sierva? Tras su reja de clausura se le hace patente lo que siglos más tarde iba a formular Valéry: que del mayor rigor nace la mayor libertad.

La ejemplaridad de Sor Juana es tan sospechosa ante el criterio de sus superiores que primero le hubieran prohibido que mandado que consignara su historia. Pero ella aprovecha la coyuntura de una reprimenda para escribir un alegato a su favor.

El de Sor Juana no es camino de santidad sino método de conocimiento. Para conservar lúcida la mente renuncia a ciertos platillos que tienen fama de entorpecer el ingenio. Para castigar a su memoria por no retener con la celeridad debida los objetos que se le confían, se corta un pedazo de trenza. Sueña en disfrazarse de hombre para entrar en las aulas universitarias; intenta pasar, sin otro auxilio que el de la lógica, de la culinaria a la química. Desde su celda de encierro escucha las rondas infantiles y se pregunta por las leyes de la acústica. Desde su lecho de enferma, sin más horizonte que las vigas del techo, indaga los enigmas de la geometría. Lectora apasionada, aprende el alfabeto por interpósita persona y llega a su hora final reducida a la última desnudez: la de no poseer un solo libro.

Virginia Woolf hubiera hallado en esta figura un antecedente de su arquetípica Judith, posible hermana de Shakespeare, quizá dotada de genio como él pero sacrificada por la organización patriarcal de la sociedad a la ignorancia, al ahorro, al matrimonio de conveniencia, a la maternidad obligatoria.

Virginia se indigna de este trato desigual *a posteriori*. Ella tiene lo que sus antecesores ambicionaron sin alcanzar: un cuarto propio, independencia económica, formación intelectual, respeto a su oficio de escritora. Cuando habla de sí misma está en aptitud de prescindir de la anécdota y de buscar, más allá de la trabazón de los sucesos y de la capacidad de las cosas, el resplandor de la vida.

La vida, que no puede tener dos vertientes. Lo que da al arte se lo merma a la especie. La esterilidad física es el diezmo que Virginia Woolf paga a la justicia a cambio de un instante de beatitud en que el universo se revela a los ojos del contemplador como dotado de sentido, de orden, de transparencia y de belleza. El instante en que la totalidad se deja aprehender y traducir por la palabra poética.

Para Simone de Beauvoir la palabra es también prosa, es decir, signo para apuntar hacia la realidad, instrumento para orientarse en el mundo, paréntesis para aislar un objeto de todos los demás que lo circundan y reducirlo a sus notas esenciales. El lenguaje va a ser el medio gracias al cual ella, que era originariamente amorfa —en tanto que "segundo sexo" en particular, en tanto que ser humano en general—, va a realizar la tarea de construir su existencia, va a arrostrar los riesgos de la libertad, va a experimentar la angustia de la elección de una conducta que, gratuita, aspira a convertirse en necesaria, aunque esta aspiración sea constantemente impedida por la conciencia vigilante. Así es como Simone, la "joven formal", arriba al puerto de la vejez atravesada por el dardo de una gran pasión inútil, tan inútil como las otras: la pasión del verbo que es carne, que es acto, que es entendimiento y que perdurará como memoria.

Para Elena Croce la memoria es un ejercicio ingrato cuando todavía no alcanza a colocarse a la distancia suficiente de las cosas como para que las considere con ese desinterés, si acaso teñido de benevolencia, con que se considera lo que es ajeno, lo que no nos ha sido arrancado de las entrañas ni ha hundido sus raíces en nuestra voluntad.

Ella, que no supo nunca "dejarse vivir" porque la reflexión se adelantaba a la acción para estorbarla, para medirla calificándola, tiene que aprender a recordar con gracia negándose, por principio, a constituirse en el núcleo del que dimanen los recuerdos. "Yo" es un pronombre que se evita para sustituirlo por una tercera persona más neutra, rozada en la superficie de sus declaraciones, no penetrada jamás en la intimidad de sus intenciones.

Porque la desconfianza de Elena Croce tiene "cierta dosis de puritanismo" gracias a la cual descubre que su historia está hecha no de esas peculiaridades prodigiosas que maravillaron la ingenuidad de nuestros abuelos, sino de rasgos absolutamente genéricos, propios, más que de una personalidad, de la moda imperante en una clase, del estilo de una tradición cultural, del tono de un momento del devenir de un país.

Así, Elena Croce va a definirse como un producto de la gran burguesía católico-liberal italiana que crece cuando comienza a respirarse el clima helador de 1930, cuando el culto a la originalidad que se extraía del más pobre individualismo estaba abriendo de par en par las puertas al colectivismo totalitario.

A la gente del "clan" de Elena Croce la sostenía esa seguridad de no equivocarse que sólo presta la educación inculta de la aristocracia; la animaba una amabilidad lo suficientemente despiadada como para permitirle suprimir su capacidad innata de ignorar al prójimo; y la exclusión de cualquier idea de que se pudiera llegar a ser alguien, así como también cualquier necesidad de cimentarse con los otros.

Toda curiosidad, toda inclinación hacia algo no directamente relacionado con el "clan" era admitido como una especie de condescendencia, como un gesto de elegancia más bien superfluo. La actitud ante el arte, por ejemplo, era siempre la de un mecenas; ante la ciencia, la de una cortés atención; ante el sufrimiento humano, la de la Divina Providencia.

Respecto al pasado, nostalgia; respecto al porvenir, duda, y en el presente, fruición. Una fruición no disminuida por ningún escrúpulo acerca de su legitimidad, ni por el menor remordimiento por su abuso.

La *infancia dorada* debía prolongarse el mayor tiempo posible; la salud, ser frágil; la belleza, hereditaria; el carácter, despótico y arbitrario; la habilidad, moderada, y la inteligencia, de tal índole que pudiera hacerse perdonar por todos. ¿El trabajo? Es lo que los demás hacen. ¿El dinero? Es lo que uno tiene, lo que gasta, lo que regala, lo que atesora, lo que lega. ¿Y el amor? Un sarampión del que una experiencia basta para la inmunidad y deja a quien lo ha padecido apto para el matrimonio, para la vida que quizá no consista más que en oponer a los cambios de los siglos un apego casi mineral a la estabilidad. □

NATALIA GINZBURG:
LA CONCIENCIA DEL OFICIO

La narradora italiana contemporánea Natalia Ginzburg ha sido traducida por primera vez al español por José López Pacheco y dada a conocer al público en un volumen de la colección Alianza Editorial que lleva como título *Las pequeñas virtudes* y que recoge, más que una serie de relatos, una variedad de imágenes y de reflexiones sobre lo que la autora ha experimentado entrañablemente en sus viajes, en su existencia cotidiana, en su trabajo literario.

Es este último punto el que solicita con mayor frecuencia y con mayor profundidad su atención. Porque la literatura surge en el seno de unas circunstancias tan absolutamente normales que, a primera vista, carece no sólo de explicación sino de justificación. Y luego va adaptándose con tal facilidad y de un modo tan hábil a los cambios —el paso de la infancia a la adolescencia y de la adolescencia a la madurez; el tránsito de una felicidad tranquila de familia pequeño-burguesa a la catástrofe de la segunda Guerra Mundial; el surgimiento, casi volcánico, del instinto de la maternidad en Natalia— que la literatura tiene que ser admitida primero como una costumbre, tomada en serio después como una forma de vida y practicada con todas las consecuencias que implica una vocación que acaba por ser lo que da sentido a lo demás: normas a la conducta, urdimbre al pasado, espina dorsal al presente y cauces al futuro.

Pero sentirse vocado para el cumplimiento de una misión (de la índole que sea) no equivale forzosamente a sentirse im-

portante. Al contrario. Invita más a sentirse temeroso, anhe-
lante, preocupado por la incertidumbre de no acertar con los
medios indispensables para realizar el propósito, siempre
nebuloso y siempre ambiguo. El miedo de carecer de la
destreza necesaria para darles el uso debido.

¿No recuerda usted cómo representaron los pintores del
Renacimiento italiano a la Virgen María en el instante en que
el arcángel Gabriel profiere la Anunciación? En su rostro de
mujer que ignoraba hasta entonces la magnitud de su destino
hay pasmo, más que alegría o que orgullo; hay espanto, no
vanagloria; hay, incluso, un leve rictus de desagrado, un apenas perceptible movimiento de retroceso.

Es el lado humano, demasiado humano de nuestra naturaleza, que se defiende de lo que llamó Saint-John Perse
"la intrusión de un dios". Un dios que, a fin de cuentas, no es
más que un cuerpo extraño, inasimilable al nuestro, una
semilla que se implanta hoy con apariencia insignificante,
pero que va a crecer, día a día, a nuestras expensas y alcan-
zará su plenitud a costa de nuestra extinción.

Pero ¿cuánto tiempo tarda uno en averiguar cómo se desarrolla este proceso? Eso es variable en cada paso, pero mientras el término sea más breve y la lucidez más completa, menos angustioso parecerá el fenómeno a quien lo padece.

Tal es el caso de Natalia Ginzburg, que declara: "Mi oficio es escribir y yo lo conozco bien y desde hace muchos años.
Confío en que no se me entenderá mal; no sé nada sobre el
valor de lo que puedo escribir. Sé que escribir es mi oficio".

He aquí una distinción, una primera distinción que es
indispensable para el conocimiento abstracto y que es muy
útil para la práctica literaria: la distinción que separa la aptitud para una tarea del mérito de sus resultados.

Porque, en efecto, de lo único de lo que el escritor puede
estar cierto es de que cuenta con las posibilidades de la es-

47

critura y, una vez que esas posibilidades se han plasmado en realizaciones, de que ha producido un objeto que guarda una serie de coincidencias con la imagen que de él se había forjado en su mente; un objeto que, de alguna manera, cumple con las condiciones que se le habían exigido en un plano ideal; un objeto que responde a una serie de urgencias expresivas que quedan, así, provisionalmente, y sólo provisionalmente, resueltas.

Pero ¿cómo valorar a ese objeto? La autocrítica se deja extraviar, de muy buena gana, por la conformidad y por el halago, aparte de que casi siempre está desprovista de los elementos indispensables para el juicio. Y en cuanto a la crítica —que posee distancia, perspectiva, términos de comparación adecuados y hasta una teoría estética coherente— no está respaldada por ninguna garantía de infalibilidad.

Porque así como no hay enfermedades sino enfermos, así tampoco hay crítica sino críticos. Y los críticos suelen alterarse con suma facilidad: por la simpatía o la antipatía hacia una persona o hacia una obra; por la opinión emitida por un crítico rival; por la adhesión a un grupo semejante o antagónico al grupo al que se supone que pertenece el autor; por el mal funcionamiento de su aparato digestivo la mañana determinada en que ha redactado su sentencia; por la envidia; por la generosidad; por el sentimiento de culpa; por el complejo de frustración. En resumen, por todas las pasiones que mueven y conmueven al hombre y le impiden lo que Platón llamaría la contemplación pura y sin mezcla de las esencias.

Por lo que se refiere al éxito o al fracaso de un libro, ¿quién lo decide? Una serie de factores que guardan muy escasa relación con la literatura y su escala axiológica. La oportunidad con la que el libro aparece, por ejemplo. Un mes antes habría sido prematuro; un mes después habría resultado tardío; la habilidad de la propaganda que lo anuncie; una portada atractiva; una edición limpia y agradable; un tamaño que no cueste el menor esfuerzo manejar; un precio que no desequilibre el presupuesto de la semana... y hasta su colocación en un estante accesible de la librería.

Queda, por último, el lector, esa hipótesis de trabajo de quienes escriben, esa x siempre sin despejar. ¿Qué quiere? ¿Que lo diviertan? ¿Que lo hagan pensar? ¿Que le hagan creer que lo están haciendo pensar? ¿Que lo instruyan? ¿Que lo ayuden a evadirse de sus circunstancias? ¿Que lo auxilien en sus tentativas de tomar conciencia de sus circunstancias? ¿Que lo inciten a olvidarse de sí o a comprenderse? ¿Que lo ilusionen o que lo desengañen? ¿Que estimulen su ambición o que lo inclinen al renunciamiento? ¿Que lo eleven o que lo rebajen?

Cada lector es una respuesta particular y cada lector es diferente ante cada libro. Si el escritor piensa en complacer a la masa de lectores dará un signo inequívoco de la fragilidad de sus facultades mentales.

No. Lo único firme, seguro, invariable, es el amor al oficio. Oficio del que nos enamoramos precisamente porque nos seduce con su rostro más amable: escribir es, en sus inicios, algo tan divertido como un juego. Pero cuando el juego se prolonga lo suficiente se nos muestra su verdadera sustancia: se trata de un asunto serio que, como todos los asuntos serios, fatiga.

Es mala señal —observa Natalia Ginzburg— si uno no se cansa. Uno no puede esperar escribir algo importante, así, a la ligera, como con una mano, alegremente, sin molestarse apenas. No se puede salir del paso como si tal cosa. Uno, cuando escribe algo serio, se mete hasta los ojos; y si tiene sentimientos muy fuertes, que inquietan su corazón, si es muy feliz o muy infeliz, digamos, por alguna razón, digamos terrestre, que no tiene nada que ver con lo que está escribiendo, entonces si lo que escribe vale y es digno de vivir, cualquier otro sentimiento se adormece en él. No puede esperar conservar intacta y fresca su cara felicidad o su cara infelicidad; todo se aleja y se desvanece y se queda solo con la página; ninguna felicidad y ninguna infelicidad puede sustituir en él que no esté estrictamente ligada con esta página suya; no posee otra cosa y no pertenece a nada más, y si no le sucede así, entonces su página no vale nada.

El carro de fuego que arrebata a Ezequiel. Pero Ezequiel no es cualquier hijo de vecino; Ezequiel es Cervantes, es Goethe, es Tolstoi, es Thomas Mann, es Kafka, es Faulkner, es un genio. Pero nosotros, la gente menuda, estamos a salvo de semejantes raptos y peligros.

Pero no nos apresuremos a suspirar de alivio porque, insiste Natalia Ginzburg, el arte no hace excepción de personas. Pequeños o grandes, geniales o mediocres, el oficio de escritor trata a quienes le sirven, como lo que *él* es: como un amo.

Un amo capaz de darnos de latigazos hasta que nos salga sangre, un amo que grita y nos condena. Nosotros tenemos que tragar saliva y apretar los dientes… y obedecerlo. Obedecerlo cuando él nos lo pide. Entonces nos ayuda a vencer la locura y el delirio, la desesperanza y la fiebre. Pero quiere ser él el que mande y se niega siempre a oírnos cuando lo necesitamos. □

"POR SUS MÁSCARAS LOS CONOCERÉIS..."
KAREN BLIXEN - ISAK DINESEN

"¿DE DÓNDE ha sacado usted la peregrina idea, señor cardenal —pregunta miss Malin a su interlocutor, Hamilcar von Schestedt, mientras ambos afrontan, en el precario refugio de un granero, la catástrofe de *The Deluge at Norderney*—, la peregrina idea de que Dios quiere la verdad sobre nosotros? ¿Para qué habría de quererla si ya la conoce y aun ha de parecerle ligeramente aburrida? La verdad es para los sastres y para los zapateros." Lo que agrada a la divinidad son las máscaras, el disfraz, las sorpresas que deparan las apariencias con sus metamorfosis incesantes. Sorpresas que no advertimos porque estamos demasiado absortos respondiendo a los apremios de lo inmediato, entorpecidos por la rutina de lo cotidiano. La revelación que nos asombra no se produce más que por medio de la poesía, más que por el uso de la imaginación que "no debe temer el absurdo ni retroceder ante lo fantástico y que, puesta a elegir entre las alternativas de un dilema, ha de inclinarse hacia la solución más difícil por inaudita".

He aquí el credo artístico de la baronesa Karen Blixen, quien, aunque de origen danés, escribió en la lengua de Shakespeare "por lealtad al idioma de su amante difunto" y que para ocultar su identidad (esa trampa en la que caemos al nacer, esa cárcel en la que nos dejamos encerrar, esa esclavitud contra la que no atinamos a sublevarnos) se escudó tras un seudónimo en el que se mezcla una figura bíblica con uno de sus apellidos de soltera: Isak Dinesen.

El nombre es masculino, y si esto es una pista, es una pista falsa, porque lo que se nos está proponiendo descifrar es el significado etimológico de la palabra. Isak es "el que ríe". Y no es capaz de reír más que el que guarda su ligereza de espíritu porque no se ha uncido a ningún dogma, el que preserva su libertad de juicio, el que permanece al margen de los acontecimientos y se cuida de no mezclarse ni confundirse con lo que le es ajeno. La risa, premio que Dios concede a un buen chiste (y no hay que olvidar que los mejores chistes son los que hace el diablo), exige una especie de distanciamiento, lo mismo que exige la contemplación de la belleza.

Esto lo sabía Isak Dinesen desde los 20 años, que es cuando redacta sus primeros cuentos, aunque no haya empezado a practicar la literatura como una profesión más que 20 años más tarde. La rechazó al principio pero acaba por resignarse a ella porque no sabe hacer, para ganarse la vida, "más que cocinar... y acaso escribir".

La cocina la había aprendido en París para complacer a sus amigos, y la narración fue una habilidad que tuvo que desarrollar para entretener a los indígenas de la hacienda de café que durante 17 años poseyó en África. Jornadas largas y áridas junto al esposo con el cual se casó porque era hermano gemelo del hombre del que estaba enamorada. Jornadas largas y áridas en espera de la llegada de su amante, "quien se asemejaba al rey árabe que al sentirse inquieto se complacía con la perspectiva de escuchar una historia".

La hacienda se arruina; el esposo se divorcia; el amante muere. Karen Blixen vuelve a Dinamarca despojada de todo, excepto de la certidumbre de que era una narradora. Que le interesa el asunto del relato tanto como la manera de relatarlo. Porque el mundo está lleno de sucesos y también nuestra experiencia. Lo que le falta a esos sucesos es la forma que sólo puede darles el escritor.

La forma cumple una función que trasciende el mero hecho de proporcionar placer estético: libera al hombre de sus limitaciones, lo incorpora a la totalidad creada, lo convierte en un instrumento de la voluntad divina y lo inserta en sus planes. Porque Dios, declara el glorioso poeta Monto en *The Roads Round Pisa,* nunca pretendió poblar la tierra con criaturas tan deleznables como nosotros sino dar existencia a Odiseo, a Hamlet, a don Quijote. La humanidad es la materia prima sobre la que ha de operar el artista, causa eficiente, herramienta para modelar la estatua que, una vez terminada, habita esa eternidad que es la patria de los seres imaginarios y a la cual nuestro modo de realidad nos veda el acceso.

Pero entonces, ¿cómo nos es lícito vivir? Sólo sabiendo que la vida no es más que una representación teatral, descubriendo qué papel se nos ha asignado y tratando de desempeñarlo de manera que las intenciones del autor se pongan de manifiesto con claridad.

Y lo mismo que el teatro, ninguno de los papeles que se nos confía es definitivo porque Dios ama el cambio. Es el hombre el que suspira por la inmutabilidad y la permanencia y el que, cuando logra instaurarlas, traiciona el proyecto universal, se coloca fuera de la ley y se destruye. Esto no lo ignora Donna Pellegrina Leoni, diva de la ópera italiana, protagonista de *The Dreamers,* quien al perder la voz y abandonar el escenario encarna otros personajes fuera de él: es Olalla, la cortesana de Roma; es madame Lola, que oculta la conspiración política en la que se compromete tras un taller de modas; es Rosalba, la viuda virgen del revolucionario español Zumalacárregui. Con tales acciones salva el abismo entre la grandeza de su ánimo y la mezquindad de sus circunstancias.

¿Y los que no conocen la virtud salvadora de la ficción? ¿Y los que ni siquiera tienen la capacidad del consejero Mathiesen, quien descubre, en el momento de su agonía, que ha logrado penetrar dentro del círculo mágico de lo poético, "fuera del cual no se encuentra ninguna inmortalidad satisfactoria"? Milagrosamente su carne, su sangre, sus sueños se han transustanciado en una idea en la mente de Goethe y han ingresado en el ámbito de "sus trabajos de armonía profundos pensamientos y orden indestructible". ¿Qué ha de temerse allí? ¿Acaso el autor está sujeto a la equivocación? Imposible. Esta confianza reconcilia al consejero Mathiesen con su destino y colma el texto de *The Poet* de una inalterable beatitud.

Pero, insistimos, ¿y los otros, lo que llamaba el filósofo cristiano "la masa de perdición"? A los otros les queda el recurso de las normas de conducta en las que la tradición ha resuelto, impecablemente, el problema del comportamiento ante una situación determinada. Los hombres disponen de una colección de dechados que deben repetirse, de modelos que han de imitarse, de actitudes que sirven de ejemplo. Todo lo cual se engloba en un nombre genérico: etiqueta. La etiqueta se transmite por medio de la enseñanza y se asimila por el ejercicio y la práctica que cristaliza en hábitos, con lo que se sustituye la espontaneidad de la índole por la adquisición y elaboración de un estilo.

Es el estilo el que rige hasta en los niveles más profundos y más serios de la experiencia y los despoja de ese peso con que carga todo lo que toca el corazón y los convierte en cuestión de elegancia. Estar muerto, por ejemplo, "se considera más *comme il faut* que estar vivo". Lo que, con una lógica brutal e inmediata, nos conduciría al suicidio. Pero hay una manera distinguida de suicidarse, sin trastornar a los demás, sin ofrecer un espectáculo desagradable. Esa manera es soñar. Por otra parte, si es preciso envejecer hay que hacerlo con gracia y no olvidar la reverencia antes del mutis final.

Pero mientras consintamos en vivir, hagámonos perdonar esta flaqueza con un temperamento melancólico.

Tales disciplinas —arduas, inflexibles y exquisitas— se imponen para negar lo dado. Y son tan eficaces que en el reino de lo natural un fantasma (como el que ocupa gran parte de las páginas de *The Supper at Elsinore)* no obstante ninguna cualidad esencialmente diferente de quienes todavía no han pasado por el tránsito mortal. Y en el reino de lo sobrenatural permite calificar de reprobable una costumbre divina, una falta de tacto que aun a los niños se les aconseja evitar y que consiste en exhibir algo que todavía está a medio hacer. ¿Y qué otra cosa ha hecho Dios siempre con su universo sino mostrarlo inconcluso?

Tales disciplinas negadoras guardan coherencia entre sí, pero no se apoyan en ninguna necesidad fáctica sino que surgen de lo arbitrario y no aspiran a mayor validez que a la de una regla de juego, construcción a la que Alexandre Kojeve ha llamado esnobismo en estado puro, que es lo que resplandece en *Seven Gothic Tales* y lo que da a su prosa, a sus anécdotas, a sus personajes, ese aire de aristocracia, de nobleza (en el otro sentido del término), de cultura, de artificio, de privilegio; ese ritmo ceremonioso en el que cada gesto es un triunfo sobre el espacio: ese desdén con que la inteligencia y la sensibilidad pesan y contrapesan la adversidad y la dicha; esa delicadeza (a la que se sacrificó Rimbaud) que obliga a continuar rindiendo homenaje a los ídolos cuyos pies de barro finge no ver. □

SIMONE WEIL:
LA QUE PERMANECE EN LOS UMBRALES

¿Quién es Simone Weil? Su fama no se parece a esas llamaradas súbitas que se apagan con la misma rapidez con que se encendieron. Su nombre se ha filtrado con lentitud en los cenáculos intelectuales más exigentes hasta llegar a convertirse en sinónimo de condición genial, de virtud heroica y de trayectoria humana tan alta cuyo único desenlace digno tenía que ser el sacrificio supremo.

Nacida en el año de 1909 en un barrio parisién, hija de un matrimonio judío, Simone confesaba sentir la impresión de haberse criado en el seno del cristianismo. No porque sus padres se hubiesen preocupado por darle una educación religiosa (eran bastante tibios en este aspecto), sino porque la concepción de la vida en ella se derivaba, espontáneamente, de los postulados evangélicos: la caridad para con el prójimo, a la que daba el título de justicia; el espíritu de pobreza; la conformidad con los designios divinos, y la esperanza "de que cuando se desea pan no se reciben piedras".

A los 14 años Simone cayó "en una de esas desesperaciones sin fondo de la adolescencia" y pensó seriamente en morir "a causa de la mediocridad de sus facultades naturales" que se hacían más notorias al compararse con las dotes extraordinarias de su hermano, que tuvo "una infancia y una juventud semejantes a las de Pascal".

Y no es, aclara Simone en un texto autobiográfico, que envidiase los éxitos exteriores del otro sino que lamentaba no poder entrar en ese "reino trascendente al que sólo tienen acceso los hombres auténticamente grandes y donde habita la verdad, la belleza y toda especie de bien".

La muchacha se salvó de la crisis gracias a un descubrimiento: el de que cualquier persona, aun cuando sus disposiciones propias sean casi nulas, es capaz de experimentar la vivencia de los mismos valores que intuye el talento más privilegiado, a condición de hacer "perpetuamente un esfuerzo de atención para alcanzarlos". Los estudios escolares no deben tender hacia otro fin más que al de formar y desarrollar la atención, esa fijeza de la mirada espiritual en un objeto hasta que se asimila a nuestro entendimiento; ese modo de asediar un problema hasta que va iluminándose, hablando, entregando su secreto. La atención consiste en suspender el pensamiento, dejarlo en disponibilidad, vacío y penetrable. Cerca de él, pero colocado en un nivel inferior y sin contacto con las potencias intelectivas, permanecen los diversos conocimientos adquiridos que es necesario utilizar.

Este trance, que recuerda tanto el de los artistas —que reconocen con el nombre de inspiración—, no es un mero producto del azar. Puede convertirse en un hábito si sabemos adiestrar nuestras facultades en las disciplinas que impone la escuela. Animada por tal certidumbre, Simone Weil se inscribió en el liceo y aplicóse tanto que a la edad de 15 años daba fin a su bachillerato en letras con la mención "bien".

Atraída por los estudios filosóficos, se hizo discípula de Alain, quien supo aquilatar sus méritos y encauzarlos, aunque más tarde no ejerciera una influencia visible en su pensamiento.

Simone egresa de la Escuela Normal Superior en 1928 y se dedica, hasta 1932, al ejercicio de su profesión de maestra. A partir de entonces comienza la etapa de las grandes revelaciones espirituales. Abandona una carrera en la que no podía esperar más que triunfos, renuncia a una posición económica y social muy favorable "para vivir plenamente una experiencia de la condición obrera". A los talleres automovilísticos Renault se refiere su *Diario de fábrica* que, según afirma uno de sus críticos, no puede ser leído sin que nuestra conformidad de burgueses vegetantes se transforme en fecunda vergüenza.

Las privaciones padecidas durante ese tiempo minaron la salud de la Weil. Un principio de tuberculosis la obliga a retornar a su antiguo puesto en el Colegio de Señoritas de Bourges. Pero apenas se recupera y ya se prepara a partir. Esta vez a Barcelona, pues quiere participar en la guerra de España.

Estuvo en el frente, compartiendo con los republicanos sus vicisitudes. La explosión de una lámpara de gasolina le quemó los pies, obligándola a volver a su patria, donde la enfermedad la postra durante meses.

En 1941 Simone establece amistad con un sacerdote dominico, el padre Perrin. A solicitud suya lee ante un grupo de monjes sus investigaciones sobre Platón y los pitagóricos.

Más tarde reside en una granja de Gustave Thibon. Allí desempeña un trabajo manual en los campos, ayudando a recoger la cosecha, y en las viñas, en los meses de la vendimia. Tareas tan agobiadoras, y más para una constitución delicada, herida ya de muerte, no impiden a Simone continuar sus meditaciones acerca de la filosofía griega e hindú; amplía y profundiza sus conocimientos del sánscrito y se orienta irrevocablemente ya hacia la mística.

El padre Perrin quiso atraer aquella inteligencia excepcional, aquella caridad llameante al seno de la Iglesia. Pero Simone Weil rechazó siempre traspasar los umbrales, recibir el bautismo, porque al quedarse afuera, unida "a la masa inmensa y desdichada de los no creyentes", hacía de sí misma un cordero de expiación.

58

Se propuso entonces el cumplimiento de "una obligación tan estricta cuyo descuido equivaldría a una traición: mostrar a la gente la posibilidad de un cristianismo verdaderamente encarnado".

Al estallar la segunda Guerra Mundial y ser invadida Francia por los alemanes se implantaron en el territorio conquistado las persecuciones de los nazis a los judíos. Simone Weil huye en compañía de su familia. Se refugian en Casablanca, de donde, tras breve lapso, se dirigen a Nueva York. Allí Simone se hace cargo de un trabajo del gobierno de la Resistencia, encabezado por el general De Gaulle. Su quehacer la lleva a Londres y allí redacta una memoria sobre "Los deberes y derechos recíprocos o conjuntos del Estado y del hombre".

Las privaciones, el exceso de trabajo, acaban por agobiar aquella salud que desde tantos años antes había mostrado su quebranto. En 1943 internan a Simone en un hospital londinense y los médicos prescriben sobrealimentación. La paciente se niega a obedecer y se atiene estrictamente a las raciones impuestas a los judíos en la zona dominada por Alemania.

La enfermedad evoluciona a un punto de gravedad extrema. De nada iba a servir que trasladaran a Simone a un sanatorio en el condado de Kent. Lo que se intentó fue inútil y Simone Weil muere el 24 de agosto de 1943.

Sus cuadernos de apuntes, confiados a la custodia de los amigos, empiezan a difundirse y a estudiarse; sus cartas se atesoran, se descifra hasta el más insignificante de sus manuscritos. Se forma, en fin, una bibliografía: *La pesanteur et la grace* es una colección de fragmentos cuyo eje lo constituye su preocupación fundamental: la presencia, la ausencia de Dios en el mundo, sus manifestaciones en las criaturas. *Attente de Dieu* recoge su correspondencia con el padre Perrin y sus reflexiones acerca de la relación que guarda el alma con la divinidad. Aparte de ese delicado análisis del fenómeno de la atención en sus *Reflexiones sobre el buen uso de los estudios escolares para el amor de Dios* aparece en estas páginas un concepto central: el de la desgracia que es el sufrimiento físico, pero, además, la degradación social y el desarraigo de la vida.

> La desgracia endurece y desespera porque imprime, hasta el fondo del alma, como un hierro al rojo, el desprecio, el disgusto y la repulsión de sí mismo, esa sensación de culpabilidad y de mancha que el crimen debiera lógicamente producir y no produce. El mal mora en el alma del criminal sin ser sentido. Es sentido en el alma del inocente desgraciado.
>
> Todo el desprecio, todo el odio, toda la repulsión que nuestra razón asocia al crimen, nuestra sensibilidad lo confiere a la desgracia […] Por eso la compasión para los desgraciados es una imposibilidad. Cuando realmente se produce es un milagro más sorprendente que la marcha sobre las aguas, la curación de los enfermos y aun la resurrección de un muerto.

Esta ley, tan infalible como la de la gravedad, es la que encadena a los hombres en las más variadas formas de la opresión; la que mantiene el orden de las sociedades, la que mueve la historia. En esa ley penetran las "raíces del existir" y de ella se sustentan. No basta la inteligencia humana para negarla ni su voluntad para destruirla. Es indispensable la operación de la gracia divina para restituirnos a nuestro ser originario. □

ELSA TRIOLET:
LA CORRIENTE DE LA HISTORIA

Uno recibe su vida para hacerla. Elige una figura que va desarrollándose en cada acto, en cada abstención, en cada propósito. Y se sienta, en las noches, a descansar en el sillón que ha tomado, poco a poco, la forma del cuerpo que lo usa; y tiene a la mano el libro preferido y escucha los rumores familiares de la casa: la marmita que hierve en la cocina, las risas secretas de los niños, los pasos que van, afanosos, fatigados, de una habitación a otra.

Hoy es un día en que se continúa el ayer y mañana... mañana terminaremos de leer este capítulo, reanudaremos la amistad que hemos estado descuidando, haremos nuevos proyectos, pondremos nuestra esperanza en un billete de lotería, viajaremos, encontraremos el gran amor, realizaremos la gran aventura. Pero mientras llega el momento privilegiado, durmamos. La casa nos protege: los muros son sólidos, las puertas seguras; las ventanas suficientes para que entre la luz cuando amanezca.

Pero lo que entra con el amanecer es también una noticia: la guerra ha estallado. Otros hombres, a quienes nunca hemos visto, con los que jamás hemos hablado, tomaron la rienda de nuestra vida entre sus manos y ahora deciden por nosotros. Tenemos que interrumpir nuestros hábitos, que suspender nuestros planes. El presente ya no es más que una sucesión de órdenes ajenas que es preciso cumplir; y el futuro se abre como una gran interrogación a la que ninguno responde. ¿Qué ha pasado? Es la historia que nos arrastra, confundiendo nuestra individualidad con la de todos los otros, asimilando nuestro destino al de la humanidad.

Juliette Noel, aunque criatura imaginaria, puesto que aspira a representar la realidad, no tiene por qué ser la excepción. Su autora, Elsa Triolet, la pinta con colores tenues. Y parece tan joven, tan frágil, tan insignificante que quizá podría pasar inadvertida y seguir permaneciendo al margen. Pero tiene tan poco que oponer al desencadenamiento de las fuerzas europeas en 1942 que antes de que ella y de que nosotros alcancemos a darnos cuenta ya está en el ojo de la tempestad. Deja tras de sí una existencia regulada por las obligaciones de su trabajo de dactilógrafa en una oficina y limitada al mimo de una tía solterona y de un pequeño huérfano catalán que han adoptado entre las dos. ¿Proposiciones de matrimonio? Sí, alguna no mayormente interesante. Y también proposiciones menos lícitas. Pero los hombres no preocupan todavía a Juliette, que se reserva en una especie de ensueño del que va a despertarle brutalmente la llamada a la defensa de su patria cuando ha caído en manos de los invasores alemanes.

Sin aspavientos, sin declamaciones altisonantes, sigilosamente, sin anunciarlo ni anunciárselo, Juliette ha entrado a formar parte de la red de acción de la Resistencia. Sirve de agente de enlace entre los organizadores, lleva mensajes cifrados de los que dependen cientos de vidas, el éxito de las maniobras, la posibilidad de aguardar hasta que vengan los Aliados a dar la batalla decisiva.

¿Quién lo hubiera sospechado de alguien tan modesto, cuyo temperamento es tranquilo y rutinario? ¿Quién podría sospecharlo ahora cuando pide alojamiento en un hotel de provincia y presenta una falsa carta de identidad? ¿Cuando visita una granja y se hace amiga de los ancianos cuyos relatos ya nadie escucha con atención? ¿Cuando en los trenes oye sin inmutarse las noticias de una redada hecha por los nazis, de una masacre, de la destrucción de un pueblo, del fusilamiento de un héroe?

Es por eso que los jefes solicitan su ayuda con cada vez mayor frecuencia y cada vez para cumplir cometidos más delicados. Uno de ellos la lleva a Aviñón, donde Juliette se encuentra con algo que también va a sobrepasarla: con la historia perpetuada en las tradiciones, transfigurada por la leyenda.

L'aria, l'acqua, la terra é d'amor piena... El amor te aprisiona entre los muros de mi ciudad... Aviñón, la loca, villa santa, villa satánica, vocada a los milagros y a los sortilegios, a la Virgen, a Venus, a los demonios, abrasada por el fuego de los verdugos y por las fiestas nocturnas... la pereza, la despreocupación, las mujeres más bellas, adorables mujeres galantes, gentileshombres... He aquí que el amor bate sus alas, es el amor sagrado, el amor eterno... Los conventos se cierran sobre las mujeres que renuncian al mundo... Verás lo que es la magia de Aviñón. ¿En qué otra ciudad encontrarías, sobre un muro, una inscripción que glorifique el nacimiento de un amor, como ésta, de un gran hombre: *Aquí, Petrarca concibió por Laura un amor sublime que los hizo inmortales...* Y no creas que Aviñón sucumbe al peso de la historia; esta ciudad está tejida de leyendas y cada día añade un hilo. Aquí cada uno es Petrarca y cada una es Laura... ¡Cuántas parejas inmortales en las calles de esta ciudad mística y galante!... Y ahora, ahora nos lo ha arrebatado todo, hasta nuestros sueños de amor... El mundo ya no está lleno de parejas, separadas, de amor desgarrado, desgarrador...

El amor, más fuerte que la muerte. Irreductible dentro de estos muros donde alentó el espíritu trovadoresco, donde hace siglos un grupo de hombres y de mujeres hizo la historia: inventó el culto a otro ser hasta elevarlo a la categoría de único, insustituible, digno de todos los homenajes y de una fidelidad que no teme a la separación, que desafía a la ausencia, que sobrevive a la desgracia.

Pero ahora

entre el hambre, el revólver, la prisión. ¿dónde resguardar al amor? Se venga de nosotros, escapa, lo hemos perdido. Yo iría, tú irías descalzo en la nieve para ayudar a escapar a un camarada desconocido del peligro. Se mata. Se mata a los traidores. No hay la menor fisura en el corazón donde tenga cabida otro amor que el que nos inspiran los soldados de la Resistencia. Hombres extenuados de heroísmo, sin brillo, sin espuelas, sin fanfarrias, extenuados de privaciones, de falta de ilusión, del odio del enemigo y de los traidores...

El amor se esconde en Aviñón y une con un vínculo intangible y por ello mismo imposible de romper a Juliette y a Celestin. Compañeros de lucha, cómplices, se encuentran y los traspasa la flecha que hirió a Petrarca y a tantos otros.

Pero el encuentro es breve. Apenas tienen tiempo de mirarse, de reconocerse como se reconoce lo que nos es más entrañable, de decir unas cuantas palabras.

No, no son juramentos, no son promesas, no son bellas frases líricas. Es la confesión de un crimen (¡no importa! ¡No importa! El vínculo no se ha roto), la confidencia de una cobardía, de temor, de temores.

Están cercados. En torno suyo se derrumban las catedrales, estallan las fábricas, se borran los puntos del mapa. Nadie tiene derecho a un momento de tregua; nadie tiene derecho a menoscabar su integridad empeñada en la lucha... Y el amor no se conforma con las migajas del banquete: su parte es todo.

Juliette y Celestin se separan y no puede ayudarlos la memoria porque es un lujo de ociosos, porque es un pasatiempo de pacíficos. Pero tampoco los auxilia el olvido. Siguen siendo los que fueron cuando estaban juntos. Sólo hay en el interior de cada uno un hueco, un vacío que tal vez ni siquiera acertarían a nombrar.

El caudal de la sangre de Juliette y Celestin no se mezcla sin mezclarse también con el torrente que viene avanzando de siglo en siglo, rompiendo los obstáculos que se le oponen, modelando con lentitud la configuración de la piedra. Ese torrente de hechos que se agrupan en constelaciones a las que se llama de un modo o de otro, pero que es siempre búsqueda de la libertad.

En la historia el pasado no queda abolido sino que se hace presente. Pero hay épocas, y cada época tiene su signo. La nuestra no podría ser marcada por la A mayúscula de Aviñón sino por la A de los campos de exterminio de Auschwitz. Juliette y Celestin no pueden, aunque quisieran, traicionar su momento. Y no quieren. Son demasiado conscientes de lo que significa vivir y de lo que hace falta para merecer el título de seres humanos.

Elsa Triolet narra la aventura y desventura de *Los amantes de Aviñón* sin traicionar la fuerza que los atrae ni desconocer las fuerzas que los apartan. Y hay en cada página de la novela un difícil equilibrio entre la belleza y el horror, entre el riesgo y la felicidad, entre la rigidez del destino y el soplo, apenas sensible, del albedrío. □

VIOLETTE LEDUC: LA LITERATURA
COMO VÍA DE LEGITIMACIÓN

NACER es un acto que no elegimos, que los demás nos imponen haciéndonos así un instrumento de su voluntad. Pero ¿cuando esa voluntad no ha existido?, ¿cuando, todavía más, ha sido contrariada? Entonces nuestro nacimiento es el resultado del azar, es el ejemplo de la más pura gratuidad.

Nacer por azar es nacer fuera de la ley, es encarnar una de las que Francis Jeanson llama "figuras del bastardo", el portador de la desgracia ajena, la herida visible, la deshonra divulgada, la culpa que no halla —aunque busque en cada objeto, en cada palabra, en cada hecho— la posibilidad de su expiación.

Y puesto que desde el principio la vida del bastardo se desarrolla en el terreno prohibido, puesto que carece de justificaciones, la vivirá en la cruz de la contradicción. Por una parte le está permitida toda licencia y todo pecado porque "es la infracción de las reglas". Por la otra se esforzará en superar los límites que se le han marcado y en llegar a convertirse en una criatura no sólo aceptable, no sólo aceptada sino algo más: en una criatura necesaria.

Tal es el caso, que ella misma reconoce como no único, de Violette Leduc, para quien su madre no reserva nada del afecto que le inspiró su amante. Un amor

valiente, orgulloso, salvaje. El amor de la vida... Lo perdono, repetía una vez y otra. Él estaba enfermo, dependía de su familia, temía a sus parientes. Cuando *esto* ocurrió, me dijo: júrame que abandonarás el pueblo, mi pequeña, júrame que te alejarás. Ella juró, ella se hubiera arrastrado a sus pies porque se consideraba indigna. Él enviaba su ropa de lino para que fuera lavada en Inglaterra, pero su alma era un poco más ordinaria. Cobarde, perezoso, bueno para nada. Mi espejo, madre, mi espejo. ¡No, yo no quiero la parte que me corresponde, yo rechazo mi herencia! Dios, déjame escribir una bella frase, sólo una: cobarde, perezoso, bueno para nada.

Si la madre se veía a sí misma como una víctima y a su seductor como una deidad, la mirada que volvía hacia su hija era menos conmiserativa y menos fascinada. Es un ojo que calcula el peso, la salud, la belleza del cuerpo que, a pesar de la intimidad compartida durante la preñez, es el cuerpo de una extraña con el que se ha roto el cordón umbilical. El peso, la salud, la belleza podrían ayudar a que se perdonara a esta criatura. Y como si ella percibiera cuáles son las condiciones para que se establezca su filiación, se empeña, con toda su capacidad, con todas sus fuerzas, en no cumplirlas.

Mi infancia entera fue una larga repulsa de la comida. Cada vez era un drama. No tienes hambre. Deberías tener hambre. Has de tener hambre. Si no comes te enfermarás, lo mismo que tu padre; si no comes no podrás seguir adelante; si no comes morirás.

No, Violette Leduc no murió. Quizá de lo único de lo que su madre no pudo nunca acusarla fue de su falta de permanencia. Estaba allí, presente siempre, ofreciendo el espectáculo de su debilidad, de sus frecuentes caídas en la enfermedad, en el sufrimiento, en el fracaso. No es una alumna brillante en la escuela, no es una feligresa ferviente, no acierta a hacer amigos. Basta que le pregunten por su padre para hacerla huir y refugiarse en el regazo de su abuela, que es la única que la acoge, sin palabras, sin reproches, sin más gestos que los que dicta la ternura.

Pero la abuela muere cuando Violette tiene nueve años, y desde entonces ha de enfrentarse, ya sin intermediarios, con su madre, que trata de convertir a la niña en una amiga íntima y no logra más que volverla "el receptáculo de su dolor, su furia, su amargura". Después de haber traspasado a otro lo que pesaba en su corazón, su madre se siente libre para amar de nuevo —ahora con más prudencia—, para casarse.

Porque la bastarda es un estorbo en la casa, porque el padrastro estaría más a sus anchas a solas, porque se espera el nacimiento de un niño legítimo es aconsejable que Violette se ausente del hogar. Claro que las razones que se dicen son otras. Se ha descuidado su educación y no sería capaz de escribir una carta sin errores de ortografía, lo que para su madre sería el colmo de la preparación académica. Pero lo que su madre ignora es que Violette ha descubierto los libros y ha leído a Romains, a Duhamel, a Gide y es con sus personajes con los que dialoga, es en ellos en quienes confía, son quienes la acompañan.

En el internado se le agudiza la vergüenza de sí misma. No puede entender nada, recordar nada, obtener una buena calificación. No se atrevía aún a negar la existencia de Dios, pero ya no era capaz de encontrar un sitio adecuado en el universo para colocarla.

En cambio, el sitio de ella, el de Violette, está marcado con absoluta claridad y no puede ni disimularlo ni cambiarlo. Le queda un recurso: estar y no estar en él, de la misma manera que las estatuas.

Mas he aquí que la estatua se anima, se humaniza, sufre con el contacto de otros seres humanos. Isabelle le revela su sensualidad y le hace sospechar las torturas del amor.

68

Pero es Hermine (no una condiscípula, una maestra suya) la que ha de padecer esas torturas, la que ha de sacrificarse por Violette. Cuando las relaciones de ambas se descubren, Hermine es despedida de su puesto y tiene que aceptar un trabajo de muy inferior categoría y mucho peor remunerado, en un pequeño pueblo de la provincia. Y, además, la separación, que para Hermine es nostalgia que no se olvida ni con el trabajo, que no se apacigua ni con las cartas, que cada día crece y se vuelve más apremiante. Y que para Violette es principio del olvido, preludio de la traición con otro, con otros, pereza para contestar las cartas.

En el prólogo a *La bâtarde* de Violette Leduc, Simone de Beauvoir señala que el infortunio de la autora es el de no haber experimentado nunca una relación recíproca con nadie; unas veces el otro es un objeto para ella o es ella la que se convierte en el objeto del otro. "Su impotencia para comunicarse es evidente en el diálogo que escribe; la gente habla en líneas que se prolongan paralelamente sin encontrarse nunca; el lenguaje de cada uno es incomprensible para los demás."

Violette, sádica, impone a Hermine duras servidumbres: la de que le entregue todo su tiempo, toda su atención, todo su dinero. La de que piense únicamente en complacerla y no retroceda aun ante las aberraciones. La de que la adorne con la ropa más cara y Violette enamore a quienes la contemplen. La de que no duerma como homenaje al insomnio de la otra. Violette, masoquista, suplica a Hermine que no la abandone; está dispuesta a compartirla con otra, con quien sea. Con una especie de furia se despoja de sus galas y se exhibe, miserable y fea. Llora, se humilla. En vano. Hermine, cuando escucha sus quejas, no piensa sino en quien la ha sustituido.

Gabriel, con quien se casa, es alternativamente el esclavo y el amo, y este juego exaspera a Violette hasta la tentativa de suicidio, que nunca se consuma porque su odio, su desesperación son tan intensos que no le permiten morir.

Sobrevive a cada separación, y vuelta en sí, lúcida de nuevo, trabaja. Como correctora de pruebas en una editorial en la que luego le encargan hacer reseñas de libros. Sus primeras páginas son torpes, pesadas. Pero Violette insiste; está haciendo su adiestramiento. Está conociendo de cerca, desde dentro, la escritura y los escritores.

¡Qué liberación! ¡Qué éxtasis! "Entender, el verbo más generoso del idioma. Memoria, un géiser de felicidad. Inteligencia. La agonizante pobreza de mi mente. Palabras e ideas moviéndose sin cesar, como mariposas."

Cuando aparece Maurice Sachs, aureolado por la fama, ungido por el éxito (y, por otra parte, "un homosexual, un pasaporte para lo imposible"), Violette Leduc está madura para aceptar tareas de mayor envergadura: reportajes, textos para revistas de gran circulación, publicidad escondida tras la anécdota de un cuento.

En sus inicios esta actividad es un enorme grito de exultación: "¡Escribiré, abriré mis brazos, sacudiré los árboles frutales para llenar mis páginas!" Después reflexiona: escribir es dar una forma a la experiencia, un ritmo a la temporalidad, un orden al caos, una interpretación a lo abstruso. Escribir es transformar lo azaroso en legítimo, lo gratuito en necesario. Escribir es nacer de nuevo en un mundo inocente, traspasado de belleza, "donde amor no es congoja". □

"BELLAS DAMAS SIN PIEDAD"

El primer crimen que se consigna en la tradición judeocristiana de la cual somos herederos es la muerte de Abel a manos de Caín. Los móviles son oscuros o, al menos, no excesivamente convincentes, aunque su esclarecimiento no presenta mayores problemas.

Los sospechosos, como usted recuerda, se reducían a tres: Adán, Eva y el propio Caín. Las ocasiones y los medios señalaban únicamente a este último y, como si esto no fuera suficiente, hubo un testigo presencial: el ojo de la Divina Providencia que, desde el instante de la consumación del homicidio, no cesó de perseguir al homicida.

De entonces para acá el género ha evolucionado, se ha convertido en un objeto de entretenimiento, en un juego de inteligencia, de astucia, de sorpresas. Y, sobre todo, ha alcanzado un auge —no sólo en número sino también en calidad— que no cesa de aumentar con los años.

Los historiadores de la literatura señalan como piedra angular de este edificio, que ahora se nos antoja enorme, un cuento de Edgar Allan Poe: *La carta robada*. A partir de él se han urdido millares de tramas, se han imaginado los conflictos más sutiles, las motivaciones más delicadas, se han inventado las técnicas más complejas para ejecutar una acción.

Con ese material se ha creado un género —el policiaco— que bien puede enorgullecerse de contar con algunas obras maestras, con algunos autores insignes y, desde luego, con una vastísima popularidad.

Es un género, se comenta, frecuentado (con varia fortuna pero con regularidad) por mujeres. Freud explicaría este fenómeno como un proceso de sublimación gracias al cual los instintos delictivos y antisociales, las frustraciones de una existencia más bien pasiva y estigmatizada por la impotencia, se transforman en ficciones y se liberan en imágenes.

Los misóginos afirmarán que, siendo el policiaco un género menor, naturalmente que las mujeres no temen aproximarse a él porque una aspiración más alta desembocaría en el fracaso.

¿Qué más da? El hecho es que en la nómina de escritores policiacos abundan los nombres femeninos. Sería demasiado obvio —y sin embargo es indispensable— citar a Agatha Christie, quien, según uno de sus comentaristas, es la mujer que más se ha beneficiado con el crimen desde los tiempos de Lucrecia Borgia.

Agatha Christie supo adivinar, bajo la placidez de las pequeñas aldeas inglesas, las ambiciones ocultas, los rencores soterrados, los esqueletos escondidos en los armarios de esas residencias campestres que son la respetabilidad petrificada, la solidez desafiando el embate de los siglos.

Agatha Christie no se dejó engañar por las apariencias de la modesta ama de casa que usaba este disfraz para proteger a la experta envenenadora; ni de la solterona a la que se le agotaba la paciencia aguardando el legado del pariente rico; ni del *pukka sahib* que usurpaba el título y la fortuna de su víctima desaparecida en las vastas regiones de la India.

Agatha Christie, que supo ver, en los triángulos amorosos, dónde estaba el vértice del odio, el de la codicia, el de la debilidad.

Agatha Christie, que concibió el crimen y el criminal no como sucesos extraordinarios que sólo ocurren a seres señalados por un privilegio nefasto, sino como acontecimientos nimios, cotidianos, al alcance del más insignificante despachador de una farmacia, de la más obtusa sirvienta, del jardinero que no sabe más que podar arbustos y trasplantar rosales.

Agatha Christie, que vuelve al asesinato un animal doméstico tan familiar como los gatos y los perros; que hace del crimen uno de los ingredientes de la receta secular del *pudding* de Navidad que va a servirse en el banquete que la familia celebra año con año... y del que será eliminado uno de sus miembros.

¿Por qué? ¿Por quién? ¿Cómo? El encargado de las respuestas es Hércules Poirot, el pequeño detective de origen belga que no acaba nunca de adaptarse a las excentricidades británicas —especialmente en lo que se refiere al clima— y que se retuerce el bigote, que es su orgullo, y entrecierra los párpados mientras funcionan sus células grises y va, mentalmente, atando cabos, recordando fragmentos de conversaciones, gestos entrevistos furtivamente, silencios repentinos, desapariciones oportunas. Y que, al final, convoca a una asamblea plenaria a los protagonistas y reconstruye los hechos no como *parecieron* sino como *fueron* y desenmascara al culpable, y colorín colorado.

¡Qué diferencia con lord Peter Wimsey, aristócrata, buen catador de vinos, a quien Scotland Yard recurre cuando se encuentra en apuros y que no vacila en mezclarse con la gente del hampa, en disfrazarse, en frecuentar agencias de publicidad, tiendas de modas, clubes exclusivos de banqueros o de gangsters con la misma desenvoltura de un pícaro español! Sólo que a lord Peter no lo animan propósitos de lucro personal sino anhelos de investigar y esclarecer el misterio que rodea un acto delictuoso. Misterio que Dorothy L. Sayers plantea y desarrolla a la manera barroca por la acumulación y contraposición de incidentes, asunto que absorbe su atención de tal modo que descuida matizar, caracterizar, proporcionar un ámbito de interioridad a sus personajes, que resultan así esquemáticos y estereotipados. Pero el lector apenas si advierte este detalle (o esta falta de detalle), seducido por el vértigo y la velocidad de la acción.

Pero si en Agatha Christie se llega al crimen empujado por las pasiones y en Dorothy L. Sayers por el ansia de aventura y de peligro, en Patricia Highsmith el crimen es sólo el resultado de una larga especulación intelectual. Aquí el tránsito entre el proyecto y la ejecución es el núcleo del relato. Vemos cómo la idea surge en el cerebro de quien va a llevarla al cabo; cómo es contemplada a la luz de diferentes criterios —todos ellos pragmáticos, ninguno de orden moral—, cómo va adquiriendo nitidez y precisión gracias al acopio de datos y cómo, al fin, cristaliza en un proyecto impecable y que sería infalible si no existiera en el mundo ese elemento perturbador que se llama azar.

Y observemos aquí la primera diferencia fundamental de la actitud de Highsmith en relación con sus antecesores. Aquélla usaba todo el repertorio de los mecanismos lógicos para llegar a una conclusión que es, invariablemente, el esplendor de la inocencia y la majestad de la justicia. Pero en las novelas de Patricia Highsmith el azar no tiene las funciones de Némesis sino que recae, con la misma ciega indiferencia, sobre unos y otros. Y no hay ninguna razón valedera como para que el criminal no burle a sus perseguidores y logre, a fin de cuentas, gozar de los beneficios de su crimen sin el menor remordimiento de conciencia, porque la conciencia de las criaturas de Patricia Highsmith no admite como huéspedes las nociones del bien y del mal, nociones inoperantes, ambiguas, intercambiables en el terreno de la experiencia, que es el que pisamos, y en el campo de los hechos, que es en el que nos movemos.

Y en cuanto a la justicia, no repitamos los lugares comunes de nuestros antepasados decimonónicos sino admitamos que es una abstracción de la cual no tenemos ninguna evidencia en cuanto a que encarne en ninguna de las instituciones con las que comúnmente se le asocia: el aparato judicial o la policía.

Al contrario. La familiaridad que llegan a adquirir los jueces y los investigadores en su trato con quienes violan la ley los hace a ambos muy semejantes, y de antagonistas, bien pueden convertirse en cómplices. Para distinguirlos se necesitaría una especie de mirada sobrenatural porque sus procedimientos y sus actitudes y sus propósitos son los mismos. Lo único que podría diferenciarlos son las finalidades que persiguen... pero la rutina llega a conseguir que las olviden. ¿Qué finalidad alcanza el detective cuando arresta al sospechoso, o el juez cuando dicta una sentencia? ¿Qué finalidad alcanza el estrangulador cuando ultima al estrangulado? Todos erigen el acto como lo que se agota en sí mismo, lo que no trasciende a otros niveles, lo que es su propia culminación y su recompensa.

De Patricia Highsmith ha dicho un crítico "que escribe sobre los hombres como una araña escribiría sobre las moscas". Lo cual es falso porque la araña está animada por un apetito destructor, y a la autora no le interesa más que describir, con la mayor objetividad y distancia posibles, los fenómenos de un universo regido por fuerzas arbitrarias y contradictorias que sobrepasan en magnitud y en ímpetu mucho más de lo que el corazón humano es capaz de albergar o de lo que la inteligencia del hombre es capaz de comprender. □

VIRGINIA WOOLF Y EL "VICIO IMPUNE"

La RELACIÓN entre el lector y el libro es una relación personal y presenta las diversas modalidades que se establecen cuando se ponen en contacto dos órbitas de inteligencia, de sensibilidad, de apetitos, de necesidades, de interés.

El erudito se acerca al libro para obtener datos que amplíen sus conocimientos, que sustenten y comprueben sus hipótesis, que descalifiquen las hipótesis de sus antagonistas, que hagan palidecer de envidia a sus colegas, que deslumbren a su auditorio, que le permitan aspirar al ascenso académico, lanzarse a la conquista de la fama, comprometer el juicio favorable de la posteridad.

Si el erudito es ávido y devastador en sus lecturas y su paso no deja sobre la página letra sobre letra, el crítico toma su objeto con pinzas para guardar la distancia y evitar la contaminación. Exige garantías, actas de nacimiento (¿buena familia?, ¿limpio abolengo?, ¿hijo adulterino o natural?), certificados de inmunidad contra las endemias o las epidemias, diplomas de aprovechamiento, cartas de recomendación.

Una vez cumplidos tales requisitos, el crítico sabe ya si vale la pena o no dedicar su atención profesional a una obra. Y cuando lo hace y durante todo el tiempo que consume el proceso de leer, está demasiado preocupado por encontrar la frase lapidaria en que cristalizará su opinión, el adjetivo insustituible, la alusión oportuna, la elusión discreta como para abandonarse al libre disfrute de las imágenes y de los conceptos que tiene frente a sí, como para además reconocer que el libro existe de manera autónoma y con una plenitud que acaba por escapar a los instrumentos de captación del consumidor.

Hay quienes leen los libros para no sentirse menos que los entendidos; o para entretener el tedio de la estancia en la sala de espera de un ministerio; o para olvidar los agobios de los acreedores, las inminencias de la bomba atómica, la polución atmosférica, los desprecios de un(a) ingrato(a). Pero hay, además del esnob y del que busca "las rutas de su evasión", una especie de lectores —quizá la más rara, si nos atenemos a la paradoja cartesiana que afirmaba que el sentido común es el menos común de los sentidos— y es a la que el doctor Johnson se regocijaba en pertenecer: la especie del "lector común, no corrompida por los prejuicios literarios ni por las sutilezas ni los dogmatismos del aprendizaje y que por ello resulta merecedora de los más altos honores poéticos".

Ingenuo, el "lector común" no busca más que su propio placer; se deja guiar por el instinto y se comporta, frente al libro, con la apertura maravillada de quien se dispone a recibir una revelación; con el respeto del huésped en la casa ajena; con la curiosidad del niño cuando tiene a su merced a un adulto; con la insistencia apasionada y aun con la importuna devoción de una adolescencia; con la libertad que conquista y abandona, que escoge, que guarda, que olvida. ¿Por qué no? Lo único a lo que el lector común aspira cuando lee es lo que declaraba Montaigne: a vivir entre los que viven.

En esta línea se coloca Virginia Woolf, y su intuición es tan certera que discierne lo que goza de prestigio con lo que es realmente importante. Así, no vacila en posponer el drama isabelino para rescatar del polvo de las bibliotecas y del olvido de las generaciones "the lives of the obscure". Esos diarios decimonónicos en los que un tal Mr. Taylor recoge acontecimientos nimios de un pequeño villorio en el que los personajes son el párroco, las parejas de casados tan institucionales que no se afanan ya más que por dar el buen ejemplo a los solteros empedernidos cuya indecisión mantiene en vilo a las jóvenes "en edad de merecer".

Esas memorias de Richard Lovell Edgeworth, inventor anacrónico de unos aparatos para trepar las paredes y otras extravagancias, hombre cuya sangre corría por sus venas con una velocidad 20 veces mayor que la normal, lo que lo dotaba de una energía que le permitió enviudar cuatro veces.

Esos testimonios de Laetitie Pilkington, que reúne dos atributos que le confieren cierta originalidad: el de haber sido amiga de Swift y haberlo admirado a tal punto que no encontraba inverosímiles sus delirios y el haber intentado, en pleno siglo XVIII, ganarse la vida escribiendo, puesto que había descendido de la nobleza al más extremo desamparo y puesto que es capaz de consignar desde allí, con un vehemente rencor, las flaquezas de los grandes, el relajamiento de las costumbres, las injusticias que han de repararse en este y en el otro mundo.

Esa figura de miss Ormerod, quien muere con el nacimiento de nuestra centuria y que reclama para sí la gloria de haber introducido a Inglaterra una especie de pájaro y haber desterrado los prejuicios del vulgo acerca del gorrión.

En otro anaquel habría que situar a Margaret Cavendish, duquesa de Newcastle, de cuya obra innumerable (poesía, drama, tratado filosófico, varia invención) acaso no sobreviva más que esta frase: "Las mujeres viven como murciélagos, trabajan como bestias y mueren como gusanos".

Y Jane Austen. Pero no esa estatua petrificada por la fama sino la muchacha a la que vieron sus contemporáneos como lo que era: "La más bonita, la más tonta, la más afectada mariposa cazamaridos que sea dable recordar".

Y George Eliot atreviéndose a viajar a Weimar con George Henry Lewis, con quien no la unía ningún lazo legítimo.

Y Emily Brontë, cuyos dones poéticos sobrepasaron su comprensión y su resistencia vital.

Si Virginia Woolf las evoca no es por mera simpatía, no es para comparar soledades, rechazos, burlas, escándalos; es, fundamentalmente, por sentido de la tradición y porque si le es preciso conocerse y situarse en tanto que escritora, tiene que medir a quienes le antecedieron. Nadie es demasiado insignificante como para que no solicite la valoración. Hay que entender el pasado como una preparación del futuro. De los cuadernos de notas de ayer, de los esbozos de hoy es de donde van a surgir las obras maestras de mañana.

Tradición dice referencia a lo circunstancial: la historia, la sociedad y aun la biología. El creador conoce estos límites y trabaja teniéndolos en cuenta, pero tratando siempre de superarlos. Para lograr esta hazaña es necesario "escoger con prudencia el modelo".

El modelo puede ser un contemporáneo de la misma lengua, y en su primera serie de ensayos literarios —que agrupa bajo el título que es ya una toma de posición de *The Common Reader*— Virginia Woolf muestra su aprecio o su interés por Joseph Conrad, por D. H. Lawrence, por Walter de La Mare y publica la opinión privada que sobre Joyce había escrito antes en su *Diario: "Ulysses* es una catástrofe memorable, inmensa en su osadía, terrible en su desastre".

El modelo puede ser alguien de la misma lengua, pero de diferente época: Chaucer, Defoe, Addison.

El modelo puede ser alguien de otra lengua, de otra época, pero esta diferencia no significa ninguna distancia insalvable; sólo otro ángulo para la percepción de los fenómenos, sólo otras instancias para su interpretación. Tal es el caso, para un inglés, de un francés, por ejemplo, y más concretamente para Virginia Woolf de Montaigne, de quien aprende la fluidez del trazo, la variabilidad de los estados de ánimo, la delicadeza de los matices.

El modelo puede ser alguien de otra lengua, de otra época, de otro mundo. Como los rusos, entre quienes está "el más grande novelista": Tolstoi, a quien Virginia lee en sus textos originales para no perder un ápice "de su asombrosa claridad y de su absoluta agudeza".

Con los griegos, sin embargo, no basta dominar el idioma. Se escapa lo imponderable: la poesía y la gracia. Para conmoverse entrañablemente con los versos de Esquilo hay que arriesgarse a saltar en un vacío en el que no existe el apoyo de las palabras. Y para reír con Homero hay que hacer antes una pausa reflexiva, y esa pausa es fatal para el humor que no es más que la exigencia de una respuesta inmediata del cuerpo.

Porque la lección helénica es, para Virginia Woolf, lectora común, que

la verdad ha de perseguirse con todas nuestras facultades. ¿Hemos de renunciar a las diversiones, a las ternuras, a las frivolidades de la amistad porque amamos lo verdadero? ¿Encontraremos la verdad más pronto porque cerramos nuestros oídos a la música y no bebemos vino y dormimos en vez de dialogar en las largas veladas de invierno?

No. La verdad no es el premio al renunciamiento sino corona de la abundancia. Y está derramada sobre todas las cosas. Pero se recoge y se atesora en los libros, en donde resplandece de su propia luz para los ojos del que lee.   □

IVY COMPTON-BURNETT:
LA NOSTALGIA DEL INFIERNO

Cuando Lukács reflexiona sobre las posibilidades del novelista burgués, lo coloca ante una alternativa: la de narrar lo fútil o la de elegir lo patológico. Pero ¿es una alternativa correcta? La futilidad no es, de ninguna manera, garantía de salud, ni lo morboso añade, por ello, importancia a hechos que —de no estar nimbados por el halo de la enfermedad— se considerarían carentes de ella.

No, las cosas no ocurren así. En la experiencia cotidiana nos es dable observar frecuentemente cómo la corriente de la vida arrastra, sin distinguir, sin discriminar, sin que se altere su pulso (acelerado o lento), igual a lo que es nimio que a lo que es monstruoso.

Y no son ni siquiera los protagonistas de las historias quienes aciertan, ya no digamos a calificarlas, pero ni siquiera a percibirlas en su adecuada dimensión. Porque carecen de puntos de referencia, porque aún no tienen perspectiva, porque un acontecimiento no se juzga sino a partir de su desenlace. Porque una historia, en suma, no adquiere esta categoría —como dice Sartre— sino cuando se conoce su final.

¿Quiénes son, entonces, los encargados de separar la semilla del grano y colocar a cada cual en el sitio que le corresponde? Los novelistas. Siempre y cuando los novelistas crean aún que una de las necesidades de su oficio sea la de contar historias.

Entre tantas corrientes metafísicas o lingüísticas de la literatura, que hacen aparecer a Scherezada completamente fuera de moda, Ivy Compton-Burnett se mantiene fiel a la vieja tradición y afirma que

> es mejor que una novela tenga un argumento. De lo contrario carece de forma, y los hechos que no tienen parte en un conjunto formal parece que tienen menor significado. Siempre deseé que *At the Bay*, de Katherine Mansfield, hubiera sido vaciado en un molde. Y un argumento provoca escenas secundarias que revelan personalidad y dan ocasión a que se manifiesten caracteres. Si de un libro se excluyera su argumento, una buena parte de lo que parece que no está relacionado con él tendría también que excluirse. El argumento es como la osamenta de una persona, no tan interesante como la expresión o los signos de la experiencia, pero el soporte del conjunto...

Y en cuanto a la clase de argumentos, Ivy Compton-Burnett se inclina decididamente por aquellos que contienen una fuerte dosis de elementos enfermizos: "nunca he podido comprender por qué el crimen y la perversión de la justicia no son temas normales o por qué son particularmente isabelinos o victorianos, como parecen pensar algunos críticos".

Como si el mal se desarrollara en una dimensión distinta: entre los dioses, entre los reyes, entre los antiguos. Y no estuviera allí, en la atmósfera que respiramos, en el acto que decidimos, en el sufrimiento que padecemos sin aspavientos, sin extrañeza, sin asombro.

Y no somos capaces de extrañarnos ni de asombrarnos porque no somos capaces de formular en palabras lo que nos ocurre. En el momento en que a esa charla intrascendente que sostenemos con la vecina acerca de la otra vecina le diéramos su verdadero nombre: calumnia, cobraríamos conciencia de que estamos cometiendo un pecado que en el Decálogo equivale al asesinato y tiene su castigo correspondiente.

Y al adquirir conciencia... No, no continuemos con las hipótesis, que de sobra conocemos todas las argucias a que recurre la mala fe para preservar nuestra ignorancia. Al adquirir conciencia quizá hayamos dejado de ser humanos para convertirnos en entes de ficción, en criaturas literarias.

Esto es más evidente que en muchos otros autores en Ivy Compton-Burnett, a quien sus detractores acusan de escribir un diálogo

extremadamente artificial o estilizado y que no era posible concebir a nadie hablando de cada emoción o flaqueza suya, o razonándola, con la precisión, claridad e ingenio que poseen todos los personajes de miss Compton-Burnett, se trate de camareras, niños, padres o tías solteronas.

Nadie habla así de lo que siente, de lo que piensa o de lo que hace, porque nadie puede hablar así. Y nadie puede hablar así porque nadie quiere hacerlo, porque le resultaría una tensión insoportable, una lucidez insostenible. Y esta voluntad de confusión en la gente se resuelve en el escritor como un principio de estilo, el instrumento mediante el cual el caos se transforma en cosmos.

De Ivy Compton-Burnett se dice que gracias a su estilo construye "una estrecha pero enérgica alegoría del infierno". Lo que equivale a afirmar que pinta cuadros de costumbres domésticas.

Pero ya es tiempo de preguntarse: ¿quién es Ivy Compton-Burnett? Virginia Woolf la menciona una sola vez en su *Diario,* pero este dato no puede constituir un elemento de juicio porque de sobra conocemos la falta de interés con la que la diosa mayor de la narrativa femenina británica de este siglo solía mirar a sus colegas... y no únicamente de su propio sexo. Es posible también que en los años en que Virginia

Woolf apuntaba sus impresiones literarias, el talento de Ivy Compton-Burnett no hubiera alcanzado aún la plenitud de sus manifestaciones que ahora elogian los más exigentes críticos y aplauden los más disímbolos lectores.

Hay un punto en el que coinciden para el elogio y para el aplauso: la originalidad. Si tomamos una de sus novelas *(A House and its Head,* por ejemplo) nos daremos cuenta de que no radica ni en el argumento —en que se atiene a las convenciones establecidas— ni, consecuentemente, en las situaciones ni en los personajes. Lo propio de esta autora es el enfoque y el desarrollo.

No es de las que se sumergen en las profundidades de la subconciencia para extraer de allí las grandes revelaciones, sino de las que hacen que la subconciencia se eleve hasta el nivel de la conciencia y se muestre como si fuera conciencia.

Ahora bien, ya antes habíamos apuntado que para lograr el paso de un estado a otro era necesario atravesar el umbral de las palabras. Y eso es lo que hacen las figuras de Compton-Burnett cuando dicen constantemente de sí y de los otros todo lo que son capaces de advertir por medio de los sentidos, de la reflexión o de la memoria. De allí que el diálogo ocupe el lugar —en el espacio novelístico— que le quita a la descripción, a los monólogos interiores y a todos los demás recursos de que tanto se valen otros.

Pero es indispensable dejar bien asentado que esta toma de conciencia no va acompañada de ningún juicio moral, sino que se da en el plano de la mera facticidad.

Defendiéndose de quienes la acusan "de presentar un triste espectáculo de la naturaleza humana adulta", Ivy Compton-Burnett refuta:

Se me ha dicho que trato el mal como si fuera algo normal, y normalmente no siento repulsión por él y esto podría decirse poniendo mis propias palabras de otra forma… En una novela tienen que ocurrir unos hechos y el mal da un cuadro o un hecho más definido. La virtud tiende a ser más serena y menos espectacular y no despierta mucha simpatía, como lo prueba que se acepte cada vez más al malvado, que ha venido a usurpar el puesto del héroe… Hay quienes desean que se represente el mal junto con su castigo. Yo opino que al que hace el mal no se le castiga y es por eso por lo que tendemos a él y por lo que lo practicamos. Cuando entre el mal y el castigo se establezca una relación de causa a efecto, la mayoría de nosotros lo evitaremos. Pero esto no se logrará con invenciones ejemplarizantes sino con el establecimiento de una costumbre a la que podríamos dar el nombre, tantas veces olvidado, de justicia. Y yo no creo que a la justicia le baste con ser poética sino que aspira a su realización total.

En *A House and its Head* contemplamos desde el más repugnante de los crímenes (el infanticidio) hasta la más grave de las fallas éticas según Kant: el usar a un sujeto como objeto. Sin que nada de ello sea óbice para dejar fuera el adulterio, la difamación, el robo. Y sin que tampoco sea razón suficiente para que se destruya la paz doméstica, se rompan las relaciones establecidas por el parentesco o por la ley, o las apariencias públicas resulten menos satisfactorias. □

DORIS LESSING: UNA MIRADA INQUISITIVA

Doris Lessing, novelista autora de libros de gran éxito como *The Golden Notebook* y *A Man and Two Women*, descubrió en 1957 que su estancia en Londres no podía prolongarse más y que por motivos emocionales y aun físicos: el sol, los enormes espacios vacíos, las pequeñas agrupaciones humanas, le era forzoso regresar a su patria —Rodesia— y recuperarla después de haber vivido en un país civilizado.

Necesitaba, dice, "oler y sentir el lugar" y necesitaba, además, 250 libras esterlinas, que eran el precio del pasaje. ¿Cómo conseguirlas con su oficio de escritora, no muy bien cotizado todavía, sino comprometiéndose a ensayar la variante del periodismo? Propone sus servicios de reportera a varias publicaciones inglesas a las que no convence ni con sus dones de observación, ni con su formación ideológica y política, ni con sus cualidades de estilo, ni siquiera con su conocimiento del terreno. Cortésmente rechazan su proyecto, lo posponen. Es la agencia Tass la que se conmueve —más que por la objetividad de las ventajas que representa la colaboración de Lessing, por el deseo, un poco esnob, de ponerse al nivel de sus colegas occidentales en cuanto a corresponsalías extranjeras—, la que financia el viaje de la escritora al África y un libro, *Going Home,* en el que recopila sus impresiones, sus reflexiones sobre la problemática, complicada, paradójica, aparentemente irreductible a la razón, de los pueblos del continente negro.

Pero no temamos que Doris Lessing, aprovechándose de su condición de origen y de su imaginación creadora nos componga una figura pintoresca que satisfaga nuestra hambre de exotismo. Está demasiado interesada en comprender como para dedicarse a inventar. Y su método de conocimiento consiste fundamentalmente en encontrar puntos de referencia, similitudes en otros contextos sociales e históricos, establecer esas "constantes" humanas de las que hablaba Alejo Carpentier; descubrir esa ley que subyace en los fenómenos, los explica, los relaciona, los vuelve previsibles y manejables.

Es por ello que lo primero que recomienda a quienes quieran enterarse de cuáles son los libros que más aguda y verazmente retratan las condiciones de vida en África es la lectura de *Ana Karenina*, porque los vínculos entre los latifundistas y los siervos africanos de hoy son los mismos que describió Tolstoi en la Rusia del siglo xix; y porque las interminables discusiones y búsquedas de la identidad del alma campesina son paralelas a las interminables conversaciones sobre "los nativos". Y aun podría decirse que se emplearon antes las mismas palabras que se emplean ahora para caracterizar a los que están sometidos al poder del amo: son perezosos, irresponsables, ignorantes, ingratos, hipócritas, traidores, etcétera.

Hay en *Ana Karenina* un personaje —Levin— que prefigura al decente liberal blanco africano que confía en las reservas de energía, en la profunda humanidad de los "nativos", pero que no los considera aún capaces de gobernarse a sí mismos, de resolver sus asuntos sin la tutela de los mayores.

Levin, en África, está siempre soñando en convertirse en nativo, en escapar a las complejidades de la moderna civilización que considera en sí misma negativa y mala. Filosofa; emprende largos viajes al interior de la selva acompañado de su sirviente africano que está más próximo a él que ninguna otra persona y al que hace las más íntimas confidencias; es un semicreyente en Dios; sabe que todas las formas de gobierno son ineficaces y proyecta, un día, comprar un trozo de tierra en el Congo o en una isla desierta del Pacífico, donde pueda vivir una vida en plena comunión con la naturaleza.

Este tipo de hombre de buena fe, de elevados ideales, de voluntad inclinada a la benevolencia, pero de nulo sentido de la realidad, no sólo es descrito con ironía por la autora sino que es visto con desconfianza por los de su clase y con desprecio por sus subordinados. Es el otro, el que afirma su superioridad racial y cultural y el que trata de imponerla por la fuerza, el que no aspira a evadirse sino a poseer, arraigar de una vez y para siempre en un sitio, durar, inalterable, en un mundo en el que todo cambia; es el *afrikaner*, en fin, el personaje trágico. Porque se compromete íntegramente en una posición equivocada e irrealizable, porque apuesta todo a una carta perdida. El arrojo, la pasión, el seguro fracaso lo vuelve, ante sus súbditos, una criatura más humana aunque sea más cruel. Porque hay en el maltrato una especie de comunión íntima que el liberal, demasiado consciente de la distancia que su inteligencia mantiene respecto al mundo que lo rodea, se niega a establecer.

Era la intimidad cómplice la que no querían romper los esclavos del sur de los Estados Unidos aun después de que legalmente habían sido manumitidos; es el nudo inextricable de humillaciones y remordimientos, de dependencias mutuas el que no quieren desatar los indios y los mestizos de Latinoamérica porque se resisten a salir del cálido seno materno para entrar en un nuevo tipo de contacto con "el otro". Un contacto impersonal, frío, institucionalizado de acuerdo con las exigencias de un sistema de producción y de consumo masivos en el que todas las relaciones se vuelven abstractas, todas las cualidades adquieren la categoría de estadística, todas las comunicaciones se mediatizan.

Pero con o sin resistencias de dominadores y de dominados, el proceso de cambio va cumpliéndose; con más rapidez en unos casos, con más lentitud en otros, pero inexorablemente. Ahora bien, ¿qué papel desempeña en este proceso un elemento que Doris Lessing ha considerado muy secundario y que es el que suelen destacar los analistas de las cuestiones africanas: el elemento del color?

Según Lessing, el color sirve para enmascarar, en un plano puramente instintivo y por eso mismo muy poderoso y actuante, una serie de móviles que si dijeran su nombre perderían su prestigio. Móviles que son susceptibles de reducirse al análisis y al cálculo. Móviles que, desplazados de la zona del misterio a la de la lucidez, mostrarían su índole verdadera. Móviles, en fin, económicos.

No hay lugar donde sea más evidente que la discriminación racial es básicamente una discriminación que se basa en el dinero que en África, dice Doris Lessing. A pesar de todas las argumentaciones del racismo asoma siempre la oreja la necesidad de colocar al competidor en las peores condiciones para asegurarse la victoria. Y luego, el rico dirá que es rico porque es blanco y que el otro no puede superar su condición de pobreza porque es negro. Un círculo vicioso que puede romper el razonamiento más sencillo y que, de hecho, se rompe siempre en la práctica. Veamos cómo. Según el testimonio de Doris Lessing, en la construcción de edificios es un espectáculo común ver obreros blancos y obreros negros trabajando juntos; los negros mezclan el cemento, cargan las carretillas de ladrillos y las llevan hasta los blancos para que coloquen los ladrillos en su sitio adecuado en la pared. Los negros ganan una pequeña fracción comparada con el total que ganan los blancos. En las minas sucede lo mismo. Un blanco no protesta por tener a un negro como compañero, pero se declararía en huelga si los dos percibieran el mismo salario.

Y aun entre los blancos que pugnan por la mejoría de condiciones de vida de los negros y por la igualdad de derechos laborales hay esta intención inmediata y evidente, pero hay otras ocultas e inexpresadas, propósitos oscuros, creencias que han alcanzado la fijeza del mito. Porque si bien la creencia en la inferioridad intelectual del negro no se pone en tela de juicio, tampoco se discute la creencia de que esta inferioridad está ampliamente compensada en el terreno sexual, donde el negro aparece con la categoría del héroe. ¿Cómo abatir esta potencia que llena de vergüenza y de humillación al blanco? Según Doris Lessing, despertando en el negro su codicia, manteniendo viva su ambición de ganar más dinero, facilitándole el hecho de que desplace las energías de su libido a satisfacer esa ambición. Pero este movimiento se paraliza precisamente por el supuesto en el que se sustenta, a saber, el de la inferioridad intelectual del negro que, entonces, no puede ser sujeto de crédito porque no entiende lo que es un cheque y lo utiliza como Aladino y su lámpara maravillosa, sin penetrar los complicados procedimientos bancarios. ¿Entonces? Entonces se oscila entre dejar las cosas como están y mantenerlas incólumes recurriendo a la coacción y a la violencia o hacer volar todas las estructuras, por la violencia también, y partir desde cero para la construcción de un mundo equilibrado, de una convivencia justa.

Ambas actitudes son quiméricas. La única actitud realista sería la de aplicarse a descubrir la línea directriz que sigue la historia del mundo para que África, que ya pertenece al mundo, se incorpore a ella. □

PENÉLOPE GILLIAT:
LA RENUNCIA A LA SEDUCCIÓN

La casa editorial Penguin ha dedicado una colección que, bajo el nombre de *Modern Stories*, está destinada a dar a conocer al gran público de habla inglesa a los cuentistas cuya obra merece alcanzar la difusión y, gracias a ella, el prestigio.

Modern Stories aparece trimestralmente y en su número 5 edita, entre otras obras, varias de Penélope Gilliat, una escritora inglesa en cuya bibliografía constan, hasta ahora, dos novelas: *One by One* y *A State of Change,* así como un conjunto de relatos titulados *What's it Like Out?* Lo demás de sus actividades literarias se orienta hacia el cine: tanto en la redacción de argumentos para películas como en la crítica.

Penélope Gilliat muestra, al través de los textos escogidos para representarla en *Modern Stories,* hasta qué punto la literatura escapa a una definición fija e inalterable y hasta qué punto los fines que persigue esta forma de expresión estética son tan variados como los recursos de los que dispone para alcanzarlos.

A quien más evidentemente contradice la Gilliat es a E. M. Forster, quien considera que uno de los aspectos esenciales de la narrativa es el interés que tiene que despertar en el lector. El hombre de Neanderthal, dice Forster, oyó relatos, si podemos juzgarlo por la forma de su cráneo. La audiencia primitiva era un público constituido por cabezas emocionadas que miraban en torno del fuego del campamento, cansadas de luchar con los mamuts o con los rinocerontes lanudos, a las que sólo el *suspense* mantenía despiertas. ¿Qué ocurriría después? El novelista seguía emitiendo un ruido monótono y, tan pronto como la audiencia adivinaba lo que venía después, se echaba a dormir o daba muerte al narrador.

Podemos apreciar —continúa Forster— los peligros que corría, con sólo pensar en la vida de Scherezada en fecha un tanto posterior: Scherezada escapó a su fatal destino porque sabía cómo esgrimir el arma del *suspense,* el único instrumento literario que causa algún efecto en tiranos y salvajes.

Pero mantener cautivada la atención del que escucha —del que lee— no se logra únicamente gracias a no permitirle adivinar el acontecimiento que va a ocurrir inmediatamente después del que ha ocurrido. Las situaciones y sus consecuencias (a pesar de los múltiples modos con los que puedan combinarse) no son inagotables. Ya Aristóteles en su *Poética* las reduce a un número determinado, y un lector habitual acaba por saber que si el autor coloca ciertas premisas es necesario que desemboque en ciertos resultados. La sorpresa sólo se da en las mentalidades infantiles o en las muy primitivas. Y la capacidad de asombro es propia de los filósofos, pero no de los hombres comunes y corrientes que son los que integran el público.

¿Entonces? Entonces el narrador se ase a la tabla de lo extraordinario, de lo maravilloso. La propia Scherezada no vacila en frotar la lámpara de Aladino para que comparezca un genio capaz de satisfacer todas las necesidades, todos los caprichos, todas las extravagancias del amo bajo cuya potestad se encuentra. No vacila en elegir como protagonista de su historia a una mujer que ha sido metamorfoseada, gracias a las artes mágicas de algún hechicero, en perra negra. No vacila en contarnos las vicisitudes de una pareja de príncipes cuyas hadas protectoras los hacen conocerse como entre sueños y los distancian durante la vigilia hasta provocarles una "pasión de ánimo" que está a punto de llevarlos a la tumba, desgracia que se evita a última hora para sustituir las ceremonias del velorio por las alegres fiestas de la boda.

De entonces para acá el escritor ha preferido concebir criaturas que se salen de lo común, o por la grandeza de su condición (son reyes, son héroes, son artistas, son profetas), o por la grandeza de su destino: aman desatentadamente, sufren incomportablemente, se extasían en la contemplación de la belleza, se entregan al padecimiento del martirio, cumplen con las exigencias de una vocación.

Aun "los corazones sencillos" están tan colmados de generosidad que resultan garbanzos de a libra.

¿Y cuando se eligen personas normales y se nos describe su existencia en un día normal como en el caso de la señora Dalloway? Pues entonces Virginia Woolf hace una cuidadosa selección de los elementos que va a manejar y se queda únicamente con aquellos que son hermosos: la casa, sólida, armoniosamente construida como para albergar la felicidad, y si no la felicidad, al menos la sensación de que quien la habita es consciente de su propia perdurabilidad como clase, como manera de comportamiento y como concepción del mundo. Y, además, sabe distinguir entre lo que vale y lo deleznable y rodearse de objetos en los que se solaza la mirada, en los que se demora deleitosamente el tacto, en los que se sacia el olfato, en los que se satisface el gusto.

Por otra parte, el día normal es un día de fiesta. En el que la casa esplenderá de luces, de flores de invernadero, de plata recién lustrada. En que se reunirán los amigos, en que se hará gala del ingenio en las conversaciones, en que se respirará un aire de delicada nostalgia porque todo aquello, ¡ay!, es fugaz y porque el tiempo, que es el hilo con el que se está labrando tal dechado, no cesa de transcurrir y de cambiar.

Lukács afirma que el escritor burgués no tiene más que dos alternativas: o lo excepcional o lo patológico. Virginia Woolf (y tantos otros de su época y de momentos posteriores) ha desmentido la primera parte de la aseveración. Penélope Gilliat desmiente la segunda.

Porque ella elige como personajes a seres que carecen por completo del brillo que dan la juventud, la riqueza, el talento, la posición social. Pero que tampoco emergen de las tenebrosas profundidades de la miseria, de la desgracia, del horror.

Sus personajes, si han sido jóvenes alguna vez y ahora estamos viéndolos envejecer, no alcanzaron a darse cuenta. Y si tuvieron una fortuna, fue tan modesta que apenas merecía este nombre, como tampoco merece el nombre de menesterosa la situación en la que se encuentran cuando la pierden. Son opacos, mediocres y no los fulmina un rayo sino que apenas les provoca un calambre el corto circuito al que se exponen.

En *Foreigners,* por ejemplo, Thomas Flitch, quien se considera a sí mismo como el gran ateo y economista, aparece en las primeras líneas del relato a punto de llorar de terror porque es domingo y las tiendas no están abiertas. No, no es que tenga la urgencia de comprar absolutamente nada. Es que no le queda siquiera la opción de mirar los escaparates para escapar al tedio del día libre que se pasa en familia. Una familia bien avenida, cuyos miembros han aprendido a tolerarse mutuamente y que no avizora ninguna catástrofe. Pero es la vacuidad de estas horas —que de alguna manera representa la vacuidad de su vida entera— lo que aterroriza a Flitch, quien, sin embargo, procura restar intensidad a esta vivencia, sustituirla por otras menos peligrosas, entrar de nuevo en la rutina que teje, alrededor de él, su capullo protector.

En *The Last to Go,* Stephen Brandt tiene una pequeña desviación de la columna vertebral, pero esto no quiere decir que sea jorobado. Se preocupa por problemas políticos más bien con perplejidad que con pasión, y se afilia y se desafilia del Partido Laborista con la desoladora convicción de que ninguna de las dos decisiones cuentan más que para él, para la tranquilidad de su conciencia de pequeño-burgués pero no para influir sobre los programas de los jerarcas. Sobre un fondo gris apenas si destaca esta figura que no alcanza, que no quiere alcanzar el patetismo.

Como tampoco es patético el trío de *Property,* una obra de teatro en un acto que por el lugar en que se desarrolla la acción —un asilo de ancianos— y por los personajes —Peg, Max, Abberley, que repiten de una manera mecánica relaciones y reacciones que no corresponden en lo más mínimo a su condición y los vuelven caricaturescos— recuerda a Becket. Pero lo que en el irlandés, llevado al último extremo, entra en el terreno de lo simbólico, aquí se detiene en la mera descripción de las costumbres. El confinamiento, el tedio, la senilidad no despojan a Peg de su carácter femenino, de su coquetería, ni a Abberley ni a Max de su masculinidad posesiva, que se enfrenta en un duelo sin ímpetu que se desvanece antes de que la victoria se incline hacia ninguno de los contendientes, pero que vuelve a reanudarse con una regularidad que ya no es humana.

Todo esto dicho de una manera directa, sin adornos, sin alardes técnicos. Otro estilo sería incongruente con el universo de Penélope Gilliat, que ella nos coloca enfrente para que lo tomemos o lo dejemos. Pero que no procura inducirnos ni a aproximarnos ni a comprender.

La indiferencia que tantos escritores sienten hacia sus temas o hacia sus personajes, Penélope Gilliat la reserva exclusivamente para el lector. □

LILLIAN HELLMAN:
EL DON DE LA AMISTAD

"Desde luego, nada comienza en el momento en que usted supone que ha comenzado." Así la vida, según Lillian Hellman —autora de esta observación y de varias obras teatrales de éxito mundial y gran prestigio crítico como *The Little Foxes, The Children's Hour, Watch on the Rhine, The Autumn Garden* y ahora de una especie de autobiografía que obtuvo el premio de la National Book correspondiente a 1969 y que lleva por título *An Unfinished Woman*—, la vida, decíamos, no principia por el nacimiento propio. Quizá 20 años antes, como quería Napoleón, con el nacimiento de los padres. Pero eso resultaría demasiado sencillo, demasiado al alcance de una explicación cualquiera y de tantas interpretaciones y versiones y mentiras que el examen de sus antecedentes no serviría para iluminar nuestro presente sino, al contrario, para volverlo más ambiguo, más elusivo, más irreal. Y en cuanto a antepasados remotos, ¿quién los recuerda? ¿Quién sabe de ellos más que lo que nos dice el retrato en el álbum, la firma en la Biblia familiar, el trozo de papel en el que se ha escrito una receta de cocina, inutilizable ya porque han cambiado las medidas y las proporciones y los términos de comparación?

Por eso Lillian Hellman no presta demasiada atención al ambiente doméstico en el que transcurre su primera infancia y los principios de su adolescencia. Habla de la rama materna con escasa simpatía. Ese desordenado amor por el orden, ese espíritu burgués tan satisfecho de sí mismo, esa confianza inmoderada en la solidez de los bienes de este mundo, esa falta de sentido crítico para los valores que se aceptaban como dogmas y se practicaban como hábitos no encuentran suficiente contrapeso en el refinamiento de los modales, en la belleza física, en la condescendencia a las ideas de los intelectuales y la misericordia a la pobreza de los indigentes.

El corazón de Lillian Hellman se inclina, en cambio, decididamente, del lado de su padre, hijo de inmigrantes alemanes, dotado de alegría de vivir, de cierto margen de libertad de espíritu que si bien no era suficiente como para comprender la estructura del mundo, al menos bastaba para disfrutar muchas de sus manifestaciones y para aceptar, sin escándalo, muchas de sus carencias.

Pero éstos son asuntos de una voluntad bien entrenada, no de una reflexión bien conducida. La Hellman hereda esa voluntad y se despreocupa del aspecto reflexivo. Por eso transita sin solución de continuidad de una escapatoria de su casa a la edad de 14 años para mostrar hasta qué punto no tolera que se la humille ni que se la maltrate, a su empleo en una casa editorial en la que se le encomendaba la lectura de manuscritos y el dictamen acerca de sus méritos.

¿Cómo tuvo acceso a ese empleo? Su formación escolar había sido más bien deficiente con los sistemáticos cambios de domicilio de un lado a otro del país. Es cierto que, según confiesa, le apasionaba la lectura, pero como un medio de evasión de una realidad que nunca dejó de considerar hostil pero que también es cierto (y también lo confiesa) que ante un libro tenía el pálpito de que era bueno, regular o malo sin acertar a señalar los puntos en los que apoyaba su clasificación.

Es natural que desempeñara ese empleo sin el aplauso de sus jefes y con la espada de Damocles de un despido perpetuamente suspendida sobre su cabeza. Es natural que a los errores normales añadiera otros superfluos y que su atención se enfocara totalmente en un foco por completo ajeno a su tarea: el hecho de que iba a tener un hijo, de que el padre de la criatura por nacer ignorara el acontecimiento y de que ella decidiera evitarlo por todos los medios a su alcance.

Lo logra con la intervención, más indiscreta que amistosa, de todos sus compañeros de oficina. Y no hay sobre esta frustración de la maternidad, nunca intentada de nuevo, ya no digamos una lágrima, un epitafio, ni siquiera una frase que resuma su posición ante un problema que ha merecido elegías de Virginia Woolf y justificaciones abstractas de Simone de Beauvoir para no citar sino los ejemplos más ilustrativos y más ilustres.

Pero no olvidemos que Lillian Hellman está reaccionando contra una generación sentimental que luchaba con el mismo ímpetu apasionado por los derechos de la mujer que por el amor del hombre. Ella pertenece a una nueva camada de jóvenes "duros" que van a relacionarse entre sí y con el mundo de afuera no por lazos tan precarios como los estados de ánimo, sino por ligas más duraderas como las convicciones.

Convicciones, adhesiones a una verdad, a una línea política. Era difícil desde la perspectiva de los Estados Unidos entender los conflictos europeos de los años treinta. ¿Qué pasaba detrás de la Cortina de Hierro? ¿Qué se sabe de Hitler sino lo que quería hacer creer la propaganda de Goebbels, por una parte, o los testimonios de los grandes exiliados como los Mann o Bertolt Brecht o Franz Werfel? ¿Mussolini era algo más que un payaso inofensivo?

Pero cuando estalla la guerra de España el panorama se despeja y los voluntarios se aprestan a luchar por la democracia. Entre ellos Lillian Hellman. Haciendo lo que sabe: guiones para cine, reportajes para revistas y periódicos de gran circulación, conferencias. ¿Pero lo que sabe es útil?

Esto es lo que se pregunta cuando la guerra termina con el triunfo de Franco y todo se resuelve, en lo que a ella respecta, en una frívola charla de sobremesa en una casa aristocrática de Londres de la que huye, incapaz de conciliar el dramatismo de las situaciones por las que ha atravesado con el juicio distante y desdeñoso, humorístico, en fin, de quienes no las han compartido.

Pero la experiencia no le sirve para tropezar otra vez con la misma piedra. Cuando se desencadena la segunda Guerra Mundial será llamada de nuevo a colaborar. Desde el frente de Hollywood, manufacturando deleznables películas de propaganda, hasta el frente de Moscú, donde esas películas serán exhibidas para elevar la moral de los soldados.

¿Y cuando todo termina, qué? Comienza la era del macartismo, de la que ella saldrá milagrosamente indemne, pero no así su amigo de 20 años de vida en común, el escritor Dashiel Hammett.

De la liga que los unió durante tanto tiempo y que no se rompió sino con la muerte de él, no hay una palabra que la defina pero sí muchas anécdotas que la representan. El pudor con el que ambos evitan tratar temas que pueden degenerar en lo sórdido, como el dinero, por ejemplo. O que son susceptibles de exhibir la debilidad de alguno de los dos. Si uno de ellos sufre (sufre de una enfermedad y aun de la enfermedad a la que va a sucumbir), eso forma parte de su vida privada y no permite la intrusión del otro. Y el otro permanece en el umbral con sus consuelos inútiles entre las manos.

Ah, pero cuando se trata de literatura, allí sí todo esta permitido. Cuando Lillian Hellman termina de redactar *The Autumn Garden* y se la da a leer a Hammett, aguarda nerviosamente el veredicto.

Él terminó la obra, atravesó el cuarto, puso el manuscrito sobre mi regazo, volvió a su silla y comenzó a hablar. No era la crítica común y corriente: era aguda y malhumorada, despectiva. Hablaba como si yo lo hubiera traicionado. Yo estaba tan asombrada, tan adolorida, que no podría recordar ahora la escena sin el auxilio de un diario que llevo acerca de cada pieza teatral. Hammett dijo ese día: empezaste como un escritor serio. Eso era lo que me gustaba, lo que esperaba de ti. No sé lo que ha pasado... pero esto es peor que malo: es mediocre.

Permaneció contemplándome y yo corrí hacia la puerta y regresé a Nueva York y no volví durante una semana. Pero cuando volví había rehecho la pieza, puesto los borradores en una carpeta y la carpeta fuera de su puerta. Nunca mencionamos la obra otra vez hasta siete meses después, cuando la hube reescrito de nuevo. Ya no estaba nerviosa mientras él leía: estaba demasiado cansada como para preocuparme y me dormí en el sofá. Desperté porque Hammett estaba sentado junto a mí, acariciando mi cabello, sonriendo y haciendo gestos de asentimiento... Porque es la mejor obra dramática escrita en mucho tiempo... Yo estaba tan sorprendida por la alabanza que nunca había escuchado antes, que me dirigí a la puerta para dar un paseo. Él dijo: no. Vuelve. Hay un parlamento en el tercer acto que no cuajó. Hazlo de nuevo.

De estas rectificaciones en la obra y en la vida, de esta aspiración a lo mejor, de esta intolerancia a las componendas se nutrió y se fortaleció un nexo que para ser entendido en su verdadera dimensión y en su verdadera nobleza habrá que llamar no de amor (porque el amor casi nunca supera el nivel del amor propio) sino de amistad. □

EUDORA WELTY:
EL REINO DE LA GRAVEDAD

KATHERINE ANN PORTER se maravilla (de un modo completamente inverosímil, como si ella misma fuera una profana en el asunto e ignorase que la literatura es un juego cuyas reglas se inventan y se establecen a cada nueva partida y rigen sólo mientras esa partida dure) de que Eudora Welty, siendo, como es, una gran escritora, lleve la vida de una gran dama del sur de los Estados Unidos.

Una biografía en la que no se consignan viajes al extranjero, ni aventuras entre los esquimales o los indios mexicanos; ni desórdenes del instinto y del afecto; ni estancias en Nueva York para entrar en contacto con los del oficio; ni adhesión a un grupo y, por eso, rivalidades, guerras con los demás grupos; ni dogmas en los que se formule la tendencia que se representa, ¿podrá ser una biografía literaria?

Eudora Welty demuestra que sí. Lleva la vida de una gran dama del Sur y ello exige cierta dosis de frivolidad, pero garantiza una sólida formación e información intelectual. En las bibliotecas de las antiguas familias sureñas las jóvenes encuentran una típica colección de libros que incluye la poesía griega y latina, historia y fábula, Shakespeare, Milton, Dante, los novelistas del siglo XVIII inglés y del XIX francés y textos de Tolstoi y Dostoievski. Lo que se considera indispensable para alternar, sin hacer el ridículo, en los salones. Pero si después de haber cumplido con este requisito de adorno resulta que la educanda encuentra un especial placer en la lectura, se le permite la exploración por su cuenta y

101

riesgo. Así fue como Eudora Welty descubrió a los contemporáneos, se apasionó por Yeats y por Virginia Woolf y se enamoró, definitivamente, de los cuentos y leyendas populares y de lo que se conserva en las viejas comunidades rurales al través de la tradición oral.

Espontáneamente, todavía creyendo que si su vocación era artística se dedicaría a la pintura, Eudora Welty comenzó a escribir. No tiene sino lo que hace falta: una imagen nítida del mundo, una vivencia profunda de lo que es el hombre y un lenguaje cuya riqueza le permitirá, en un momento dado, la cristalización de la exactitud.

Si tuviéramos que escoger entre las *Selected Stories* que de Eudora Welty nos ofrece la Modern Library aquella que de una manera más inmediata muestra los elementos constitutivos de su obra, elegiríamos *The Whistle*. Ahí una pareja, la pareja humana arquetípica, con un nombre, con algunas particularidades, con una historia que no acertaríamos a distinguir de las otras historias individuales, soporta los rigores del invierno en la proximidad de una chimenea a punto de extinguirse. Para alimentarla arrojan a ella trozos de árboles a los que protegieron de los primeros fríos despojándose de sus ropas y cubriéndolos con ellas. Y cuando los trozos de árboles se han reducido a cenizas se rompe una silla para quemarla y la mesa de la cocina y sus posesiones y su vida entera, sin que por ello alcance a producirse el suficiente calor. Apenas el que basta para no perecer.

Una naturaleza, cuando no enemiga, indiferente; unas criaturas abandonadas, desamparadas, conscientes de que ninguna divinidad las protege, de que ninguna necesidad metafísica respalda su existencia, de que ninguna finalidad última las incluye dentro de la economía del universo. Las criaturas están allí porque se ha producido un azar que no se explican, y estarán allí únicamente mientras sus esfuerzos y sus propios recursos les aseguren la subsistencia.

Por eso el trabajo ocupa un sitio tan importante en los relatos de Eudora Welty y sea, quizá, el más verdadero y el menos doloroso de los vínculos que unen a los nombres. En *The Wide Net*, por ejemplo, lo que importa no es que una muchacha recién casada haya desaparecido de su hogar dejando una nota en la que anuncia su propósito de suicidarse arrojándose al río. A nadie le preocupan los móviles de esta determinación ni se demora en analizarla, en condenarla o en justificarla. Todos, el marido, los vecinos, se disponen a la tarea, si ya no de salvamento, por lo menos del rescate del cuerpo. Y es en la acción donde la solidaridad es posible; donde las tensiones de cualquier relación se vuelven soportables; donde se logra la plenitud. Y es en el descanso, después de la acción, donde puede percibirse la vida como un espectáculo hermoso, como un equilibrio justo.

Fuera de la acción, que ni siquiera necesita desembocar en el éxito, no hay alternativa. El ensueño no resiste el impacto de la realidad tal como acontece en *A Memory*, y la percepción estética nos entrega objetos frágiles, vocados a la destrucción, de la cual no va a salvarla ni la nostalgia ni ningún otro estado de ánimo, aunque esté dotado de la intensidad que palpita en *A Still Moment*.

Fuera de la acción, de la operación sobre las circunstancias para tornarlas de adversas en favorables, de hostiles en humanas, no hay, en el mundo tal como Eudora Welty lo concibe y lo representa, no hay encuentros entre los seres. Hay colisiones, hay catástrofes. Y de ellas la más desastrosa no es la que acostumbramos llamar amor. Ésta es una aproximación, a lo más, irrisoria —*A Piece of News*—, patética —*Asphodel*— o trágica —*Flowers for Marjorie*—.

La otra aproximación, imposible porque habitamos en lo que Simone Weil denominaba el reino de la gravedad, de la pesantez no tocada por el rayo de la gracia, es la aproximación de la caridad.

Si el hombre, tal como se afirma en *A Curtain of Green*, está compelido, obligado incesantemente a manejar con ambas manos su vida y su muerte, a pesar de que no signifiquen nada para él y de que no se le conceda ni compensación por ello, ni castigo ni derecho a la pregunta y a la protesta. Si en este empeño se consume toda su energía y no logra dejar aparte nada, ni el más mínimo don gratuito, ni una brizna de libertad, ¿cómo osa pretender manejar la vida y la muerte ajenas, darles una interpretación y un sentido?

A sabiendas o no de que está violando la ley de la naturaleza de las cosas, el hombre añade al deber de vivir su propia vida y de morir su propia muerte y de cumplir con su propia labor, el extravío de intentar ayudar a otro a que viva su propia vida, a que muera su propia muerte, a que cumpla con su propia labor. Extravío que nunca nos engaña con la cara de la generosidad sino que siempre se nos revela con el rostro de la usurpación.

No es una casualidad que los caritativos se ensañen en los indefensos. ¿Quiénes otros les permitirían tales "allanamientos de moradas"? Lyly Daw, a quien las tres señoras proporcionan comida y alojamiento, instrucción religiosa y vigilancia moral, es algo más que una imbécil: es un objeto al que sus protectoras cambian de ubicación, al que se destina a diferentes usos, al que se desecha a voluntad. Y las ancianas del asilo a las que visita Marian para cumplir con los reglamentos de la asociación a la que pertenece no la conmueven con simpatía, sino que la horrorizan al exhibir ante ella esa querella sin fin en que prolifera el ocio en que su edad las confina.

El asco de Marian, su repudio de una situación que ella misma ha creado es el asco y el repudio de quien descubre una falacia atroz: la de que somos capaces de hacer algo por los demás sin que los demás nos odien a cambio, sino que, por el contrario, los invade la gratitud. La falacia de que somos capaces de encontrar satisfacción, y aun placer, en el auxilio prestado. Porque el auxilio recibido —*The Hitch-hikers*— no sirve más que para precipitar la desgracia que, desde siempre, amenazaba a los protagonistas.

No. La esencia de lo humano, según Eudora Welty, radica en la soledad. La soledad extrema de los locos —*Why I Live at the P. O., Clitie*—; la soledad resignada de los moribundos como el viejo Solomon de *Livvie;* como R. J. Bowman de *Death of a Salesman;* la soledad sin remedio de los sordomudos de *The Key.*

La autora los describe con una serena objetividad. ¿Por qué hemos de compadecerlos puesto que lo que les ocurre no es excepcional; si, es más, lo que les ocurre no podría ocurrir de otro modo? Pero, fundamentalmente, ¿ante quién habríamos de compadecerlos si ninguno, excepto sus iguales, atestigua su infortunio?

Por eso tampoco nos escandalizamos con los delatores de *Petrified Man.* Obran según su índole, que es igual a la de ciertas especies animales: rapaz. Buscan que toda criatura viva por todos los medios a su alcance: sobrevivir. □

EL CATOLICISMO PRECOZ
DE MARY McCARTHY

EL EVANGELIO aconseja que nos hagamos como niños si queremos entrar en el reino de los cielos. Esto es, que nos despojemos de la malicia de quienes ya han probado el fruto del árbol del Bien y del Mal; que recuperemos esa condición de vacío y disponibilidad que teníamos antes de cargarnos con esas "pesadas cadenas" que nos imponen la codicia, la ambición, la rutina. Que seamos, otra vez, espacio abierto y libre en el que el espíritu no se vea impedido de soplar, si quiere y como quiera.

Pero quizá hacerse como niño sea más fácil y más provechoso que ser niño, si juzgamos por los testimonios que nos ofrecen los pediatras cuando nos enumeran los fenómenos físicos de adaptación al medio, proceso difícil que se cumple en los primeros años de la vida; las técnicas que usan los pedagogos para que el tránsito de esta etapa de desvalimiento a otra de posesión de recursos propios se cumpla con la mayor celeridad y perfección posibles; los casos clínicos espeluznantes que estudian los psicoanalistas; las autobiografías de quienes llegaron a ser, a pesar de sus arduos inicios, personalidades célebres; y ¿por qué no?, nuestros propios recuerdos.

El niño, si lo contemplamos directamente, sin las galas y adornos de una imaginación idealizadora, es una equivocación de la naturaleza, que no provee a su criatura de los órganos indispensables para sobrevivir, para desarrollarse en un mundo que se ha hecho a la medida de los adultos y que, desde luego, satisface las necesidades de ellos, permite su expansión y coadyuva a su plenitud... aunque sea a costa de la existencia de otras especies menos resistentes o peor dotadas.

La diferencia entre un niño y un hombre es cualitativa, pero la educación ignora este hecho y proporciona al niño las mismas sustancias que alimentan el espíritu del adulto, sólo que en dosis menores. Pese a todo, lo que es propio de la infancia trata de manifestarse al través de los cauces inadecuados de los que dispone. Es así como se produce una extensa gama de objetos que oscilan desde la simple extravagancia hasta la más grave teratología.

En este nivel los términos infancia y religión aparecen, más que como complementarios, como incompatibles y aun como contradictorios. Porque el niño, amorfo aún, está sujeto ya a un rígido molde, y porque la religión es aquí dogma, catálogo ceremonial, iglesia constituida, norma de conducta. Ambos han perdido su espontaneidad, su inventiva, su fluidez. Ambos han sido despojados de algo que les es esencial para ser auténticos: de la gracia.

Esta vivencia des-graciada la capta con agudeza singular Mary McCarthy en sus *Memories of a Catholic Girlhood,* en las que casi se contempla a sí misma en el pasado como si fuera un personaje de Dickens al que no le falta ni la orfandad ni los tutores crueles ni el rescate oportuno ni la apoteosis final.

Lo que a Dickens se le olvida añadir en sus historias —tan solicitadas por los problemas inmediatos: comer, guarecerse de la intemperie, huir de los malos tratos, esquivar los peligros— fue el delicado asunto de la conciencia de sus protagonistas y es precisamente en este campo en el que Mary McCarthy va a plantar el núcleo de la acción que narra en las páginas evocadoras de los primeros años de su vida.

Por herencia de la línea paterna confiesa el credo apostólico y romano y asume el catolicismo como una atmósfera en la que es fácil respirar porque es la atmósfera de la colectividad a la que pertenece. Asiste a una escuela de monjas donde sobresale de la mediocridad reinante gracias al despejo de su inteligencia, a la voracidad de sus intereses, a la riqueza de su lenguaje. La admiración de sus maestros, el aplauso de sus condiscípulos, los premios alcanzados son para Mary McCarthy el único factor positivo que contrapesa y equilibra la despiadada vigilancia de sus guardianes, que practicaban el castigo corporal con la regularidad de un hábito; que creían en el hambre como en una condición esencial para la salud; que prohibían los juegos y las diversiones como si fueran inspiración de Satanás; que exaltaban el ahorro como valor supremo y que imponían la mortificación del cuerpo y del espíritu al través de las vías más novedosas y peregrinas.

Esta situación se prolongó muchos años y habría continuado indefinidamente si el abuelo materno —y protestante— de nuestra heroína no hubiese intervenido tomando a la niña bajo su responsabilidad y confiándola a los cuidados de las Damas del Sagrado Corazón de Jesús en su convento de Seattle.

Allí Mary descubre que la religión puede ser algo más que la verdad revelada: un privilegio del que gozan los elegidos. Pero la elección no es arbitraria sino que corresponde a una serie de méritos que, juntos, constituyen los rasgos de una aristocracia. El linaje, la riqueza —pretérita o presente—, los modales, la cultura. La cereza que corona el helado es la afiliación a una Iglesia, la práctica de un ritual.

Dentro de la jerarquía eclesiástica las Damas del Sagrado Corazón están exentas de las obligaciones que constriñen a los fieles comunes. Es por ello que pueden frecuentar a los autores incluidos en el *Index*, discutir puntos de doctrina que, en general, se aceptan por obediencia; mantener vivo el espíritu polémico contra las herejías en boga... durante el siglo XVIII, época del mayor esplendor de la orden que el actual, con su insignificancia, no lograba eclipsar.

Los ejercicios escolásticos perdieron pronto el carácter abstracto para la joven McCarthy al relacionar los argumentos generales con sus circunstancias concretas. El sacramento del bautismo, por ejemplo, incorpora a quien lo recibe, de una vez y para siempre, al cuerpo místico de Cristo que es la Iglesia. El que no vive de acuerdo con esta condición irrevocable del bautizado, el que reniega, el que adopta otra creencia se considera, *ipso facto,* condenado al infierno. Fuerte cosa. Y más cuando la condena recae sobre alguien tan próximo, tan querido, tan respetado, tan admirable como es el abuelo presbiteriano. ¿Cómo conciliar la validez universal del principio con el caso en el que la aplicación de ese principio es escándalo, afrenta y desgarramiento? Mary McCarthy consulta con las autoridades que tiene a su alcance: el confesor, la superiora del convento, sin que ninguno acierte a darle más que vagos consuelos, evasivas que contradicen su fe, defraudan su esperanza y atentan contra su caridad.

Los intentos que realiza entonces de volver al redil a la oveja perdida son conmovedores tanto por su ingenuidad como por su ineficacia. Pero es ésta la primera fisura en el edificio de sus creencias.

La causa eficiente de la gran crisis religiosa que conmueve sus años de adolescente va a tener una raíz más íntima: la vanidad. En efecto, Mary McCarthy descubre que no posee ningún atributo para descollar entre sus compañeras. Apellidos los hay más ilustres que el suyo; fortunas más considerables; talentos más evidentes; conductas más ejemplares; elegancias más convencionales; bellezas más clásicas. Ella parece destinada a permanecer confundida con la "masa de

109

perdición", de no ocurrir un descubrimiento que, como la mayor parte de los descubrimientos en la historia, se debió casi totalmente al azar: el del hecho de que podía convertirse en el centro de la atención si declaraba haber perdido la fe.

La conmoción que producen sus palabras la asusta al principio y acaba por halagarla... y por exigirle una especificación muy rigurosa y clara de las cuestiones sobre las que disputará con los sacerdotes jesuitas a los que hacen venir para sacarla del error en que la precipita su incredulidad.

Pero el error se había localizado en torno al tema de la resurrección de la carne. Se hace siempre muy cuesta arriba aceptarlo. Pero hay circunstancias en que la duda encuentra puntos de apoyo muy resistentes. La circunstancia, por ejemplo, de que alguien sea un caníbal. ¿Cuál carne es la que va a resucitar? ¿La suya o la de aquellos a quienes ha comido? De este punto lo que la enorgullece no es que atente o no contra el dogma sino que es original, que se le ha ocurrido a ella, a Mary McCarthy, sin el auxilio de libros o sermones. Una originalidad que se asombra que los demás no encuentren meritoria.

Y es que todavía no ha ingresado en el ámbito de la creación estética. Va a llegar a él más tarde y siempre cargada de otras preocupaciones políticas, científicas, filosóficas. Religiosas no. Renuncia a ellas definitivamente a una edad muy temprana y nunca vuelve a concederse siquiera el beneficio de la duda. □

FLANNERY O'CONNOR:
PASIÓN Y LUCIDEZ

CUANDO un intelectual que, como Thomas Merton, ha hecho voto de silencio exclama que la lectura de los textos de Flannery O'Connor le hace pensar, no en ninguno de sus contemporáneos —norteamericanos o extranjeros— sino más bien en alguien de la talla de Sófocles, y agrega que así rinde homenaje a la autora "por toda la verdad y el arte con que muestra la caída del hombre y su deshonor", no es posible poner oídos sordos. Es preciso dejarse guiar por la admiración ajena hasta la experiencia propia de una obra que la temprana muerte de quien la realizara no alcanzó a malograr.

Cuatro títulos en los que alternan la novela y el cuento: *Wise Blood, A Good Man is Hard to Find, The Violent Bear is Away, Everything that Rises Must Converge.* Una temática recurrente, un estilo sostenido, una geografía invariable que es algo más que paisaje y mucho más que folklore: que es una textura "quizá no más grotesca que la del resto de la nación", pero cuyos elementos, desaforados y no por ello menos cómicos, permitirán al narrador mostrar las paradojas que desgarran al hombre.

La cultura suriana, dice Flannery O'Connor, ha forjado un tipo de imaginación moldeada por un cristianismo no excesivamente ortodoxo y por una fuerte devoción a la Biblia, "la que ha mantenido nuestras mentes atadas a lo concreto de los símbolos vivos".

Y aquí, en la palabra cristianismo, surge otra clave que va a darnos acceso a ese ámbito en el que la religión confiere sentido a los actos y profundidad a las pasiones, anuda los conflictos, exacerba los sentimientos, vuelve irremediablemente ambigua la tentativa de interpretación.

Por herencia irlandesa O'Connor era católica, pero sus personajes, como los de Bernanos, guardan una intensa comunicación con lo divino, menos al través de la creencia en los dogmas o de la práctica de los preceptos morales, que de la conciencia del pecado, de la asunción de la culpa y del peso del remordimiento.

El catolicismo, de la manera en que lo vivió y lo entendió O'Connor, no fue nunca "la sede de la soberbia", ni un seguro contra el error ni un modo de volver soportable y digerible la verdad, sino que fue un propósito cotidianamente renovado de descender —como lo quería Mauriac— hasta las fuentes originales de las que mana todo acto creador. De ahí que entre su profesión de fe y su quehacer estético no haya habido ningún conflicto, ni un paralelismo conciliador sino más bien una identidad última. La Iglesia, afirma O'Connor, lejos de restringir al escritor católico en la elección de sus temas, en el desarrollo, en las consecuencias aleccionadoras que se desprenden de sus libros, le proporciona más ventajas de las que puede o quiere aprovechar. Sus fallas, cuando las hay, son más que nada un resultado de las restricciones que él mismo, no algo externo a él, se ha impuesto. "La libertad es inútil cuando se carece del tacto y la aptitud ordinaria para seguir las particulares leyes del oficio para el que estamos dotados." Porque esas leyes no son arbitrarias sino que manifiestan la índole de la realidad sobre la que se está operando y permiten que esa realidad se transfigure y se vuelva contemplable por el ojo y por la mente humanos.

Obedecer una norma objetiva es respetar al ser. Es lo contrario de imponer un prejuicio, de falsear las relaciones entre los hechos con tal de que nos conduzcan a demostrar lo que,

112

desde un principio, nos habíamos propuesto como demostrable; es lo contrario de sustentar, contra viento y marea, ι na tesis.

El escritor serio pensará que cualquier historia que pueda ser enteramente explicada por una motivación correcta de los caracteres o por una imitación verosímil de una manera de vivir o por una teología decorosa, no será una historia con los suficientes tamaños como para ocuparse de ella. Esto no significa que se desentienda de las adecuadas motivaciones o exactas referencias o de una teología cabal. El escritor serio se preocupa por todo ello pero sólo en la medida en que el significado de su historia no comienza allí sino a una profundidad en la cual estas materias han sido ya consumidas. El escritor de ficción presenta el misterio al través de la modalidad, la gracia al través de la naturaleza. Pero cuando termina, siempre tiene que dejar fuera ese sentido del misterio que no puede ser contenido dentro de ninguna fórmula humana.

Flannery O'Connor elige, para practicar esta teoría del arte, el mundo del Sur, en el que el viento se llevó los esplendores y dejó la nostalgia. Donde el orgullo carece ya del respaldo de la fuerza, de los refinamientos del lujo, de los delicados placeres de la generosidad que se derrama sobre los esclavos, de la limosna que se entrega a los mendigos, de la belleza que se exhibe ante los que miran desde lejos.

Este mundo, cuyos mitos pueblan las páginas de Faulkner y cuya decadencia lamentan aún los parlamentos de Tennesse Williams, aparece, en la perspectiva de Flannery O'Connor, despojado de su antiguo prestigio. Y lo que era riqueza se muestra en su aspecto de rapiña, y la exquisitez de las formas yace en el seno de la injusticia, y cuando los señores se despojan de su hermosa máscara se revela el vacío de la estupidez.

113

Porque aun la maldad parece, más que un extravío del ánimo, una insuficiencia del juicio racional. Se parte de un punto equivocado, se continúa la secuencia lógica y se desemboca en el horror y en el absurdo. El punto equivocado es un pensamiento que no considera más que lo natural, reino en que los débiles son siempre las víctimas. Los lisiados, los tontos, los niños no suscitan la compasión de los otros sino avivan su apetito predatorio. Eso lo sabe Joy, la hija de Mrs. Hoppewell, en *Good Country People*. Joy, afligida por la pérdida de un miembro y la necesidad de usar un aparato ortopédico, se aísla del peligro que representa la gente y se refugia en el estudio de la filosofía. Pero hasta allí la alcanza, con sus modales insinuantes, un misionero y vendedor de libros sagrados. La simpatía acaba por ser recíproca, y en una ocasión, después de un largo paseo, él solicita un favor a su amiga: que le deje conocer el funcionamiento del aparato. Cuando lo tiene en sus manos huye y abandona a la muchacha a su invalidez, a las burlas de los que la encuentren, a la humillación de un auxilio en el que irá mezclado un grano de sospecha acerca de la índole de la aventura.

No es distinto el mecanismo gracias al cual Tom Shiften, protagonista de *The Life You Save May Be Your Own,* se hace dueño de un viejo automóvil y de algunos dólares desposando a Lucynell Crater, de la cual se deshace en el pueblo más próximo sin que ella acierte a comprender lo que ha sucedido porque es una retrasada mental.

El aura de la infancia no sirve como escudo defensor sino como reclamo para los cazadores. Mr. Head da la espalda a su nieto Nelson a la hora del peligro en *The Artificial Nigger.* Y Mr. Fortune, el abuelo de *A View of the Woods,* lleva la violencia hasta el crimen.

Pero la consideración de lo puramente natural es efímera. Pronto el vacío se llena de falsos dioses, de demonios de

114

doble faz que se aposentan en el corazón de los hombres y los conducen a cometer actos desatentados, a emprender carreras insensatas hacia la destrucción, a despeñarse en un abismo, como en el caso de Hazel Motes, ese loco que persigue a Cristo para demostrar que no existe y que si existe no es necesario creer en él para salvarse y que acaba cegándose y así no sufre ya más la visión de los ídolos de la multitud.

Profetas sin mensaje, propagadores de milagros, criaturas atravesadas por el rayo de una revelación que no son capaces de articular ni de transmitir, se confunden con asesinos, prostitutas, timadores o simplemente imbéciles en un nudo inextricable. No corresponde al artista establecer las coordenadas que dividen los territorios en los que transcurre la existencia humana. Y tampoco es atributo del hombre juzgar a sus semejantes.

Atenta estudiosa de las doctrinas de Teilhard de Chardin, Flannery O'Connor, que se inspira en ellas para dar título al último de sus libros, comparte la creencia de que todo el movimiento de la creación llegará al "punto omega", al fin de los tiempos en que la confusión se resolverá en armonía, el antagonismo en reconciliación y la polaridad en síntesis.

Certidumbre que la acompañó en el largo trecho de la enfermedad de la que muere en 1964, a los 39 años. Certidumbre que ilumina el universo que ha concebido con un destello de esa virtud teologal que es la esperanza. ☐

BETTY FRIEDAN: ANÁLISIS Y PRAXIS

Cuando hace 20 años Simone de Beauvoir publicó en París su ensayo sobre *El segundo sexo* provocó un escándalo, al menos y tal como ella lo consigna minuciosamente en sus memorias, nacional. Recibió cartas insultantes, fue objeto de burlas, apareció caricaturizada en los periódicos, se le anatematizó como a una proscrita.

¿Qué delito había cometido? Simplemente examinar, con la mayor objetividad y rigor científicos posibles y con el soporte de una teoría filosófica, un hecho que se había mantenido hasta entonces en el plano de lo puramente natural: el hecho de ser mujer.

Simone de Beauvoir enfoca, por primera vez, el fenómeno desde una perspectiva que ya no es la de la fatalidad biológica, que ya no es la del destino impuesto por las funciones corporales sino que es elección libre dentro del marco de una cultura. Y que sobre esa elección influyó una serie de factores religiosos, morales, intelectuales tras de los que se enmascaraban intereses económicos y sistemas de explotación cuya eficacia dependía, en gran parte, de la dosis de dogmatismo que fueran capaces de segregar y de hacer absorber a quienes estaban girando en torno de su órbita.

La tentativa de Simone de Beauvoir por crear una conciencia de la realidad femenina y por hacer un inventario de las posibilidades de cumplimiento y de realización que presentan nuestras actuales circunstancias superó la barrera inicial de rechazo, para entrar en el terreno de la influencia. Una influencia que fue mucho más honda y revulsiva entre los hombres y que se ha filtrado con mucha más dificultad entre las mujeres. Porque temen contemplar su propia imagen y carecer de las fuerzas suficientes para modificarla.

Mas he aquí, de pronto, que 20 años después el foco de la preocupación sobre el tema se traslada de Francia a los Estados Unidos, donde pierde su carácter individual y privado (tan propio del estilo de pensar latino, tan peculiar de la era de Gutenberg) para adquirir una dimensión colectiva. Aunque, desde luego, la encargada de la formulación de las interrogantes y de la proposición de las respuestas sea una sola persona, portavoz de esa otra gran "mayoría silenciosa".

En Betty Friedan el problema del feminismo se manifiesta inicialmente como un malestar que casi podría calificarse de visceral. Ella es una mujer norteamericana que encarna el ideal de la mujer norteamericana. Es decir, que se ha casado con un hombre ambicioso y eficaz en su trabajo; fiel en sus relaciones conyugales; cooperativo en la educación de los hijos; corresponsable en el manejo del hogar. Y el hogar está provisto de todo lo necesario y aun de lo superfluo. Y los niños son sanos y normales. Y los vecinos amistosos. Y las respectivas familias políticas tolerantes y tolerables. Y las diversiones regulares. Y la vida segura. Y el éxito no es una promesa remota sino una realidad que empieza a plasmarse de modo evidente.

Sin embargo, Betty Friedan experimenta una especie de vacío interior, de automatismo en sus actos, de falta de sentido en sus propósitos. Y si el presente es insatisfactorio (¿por qué?), el futuro, además de absurdo, parece fantasmal.

Betty Friedan tiene la primera reacción adecuada al enfrentarse con estas sensaciones, que se agudizan, que se adentran, que se expanden: la de creer que es un monstruo, una inadaptada, un candidato viable al tratamiento psiquiátrico.

Pero luego descubre que no es la única. Y que otra mujer, en sus mismas condiciones, disminuye la angustia por medio del consumo de tranquilizantes, por ejemplo. Y que otra recurre al alcohol. Y que la de más allá se consuela en el adulterio. Y que muchas deciden tener otro hijo —no para satisfacer el instinto de la maternidad ni para expresar el amor ni para fortalecer los vínculos matrimoniales ni para aumentar la familia sino para aburrirse menos—. Para tener un objeto que solicite activa y permanentemente su atención y que las mantenga ocupadas prodigando unos cuidados que los hijos mayores ya no necesitan y que a quien los dispensa la hacen sentir, si no indispensable, al menos transitoriamente útil.

Betty Friedan hace sus cálculos. Y el resultado es el siguiente: 25 millones de mujeres cuya historia podría reducirse a una sola palabra: frustración. Y no incluye a las viudas, a las divorciadas, a las abandonadas, a las enfermas, a las marginales. Se está refiriendo a quienes alcanzaron el privilegio de reunir todos los atributos que se les exigieron para ser declaradas el arquetipo de la feminidad, lo que equivale al sinónimo de felicidad.

La conclusión salta a la vista: esos atributos son insuficientes o son inoperantes. ¿No serán también falsos? Examinémoslos: por lo pronto derivan de una concepción según la cual la mujer es una criatura cuyas urgencias y cuyas aptitudes se agotan en el ejercicio de la sexualidad legítima, en la reproducción —legítima también— de la especie y en el cuidado de la casa. Lo demás no le concierne. Ni la participación en la *res publica*. Ni la lucha por la igualdad de derechos. Ni el desempeño de un trabajo que no sea doméstico. Ni el cumplimiento de una vocación.

Pero ocurre que hay excepciones, casos teratológicos, desde luego, que sirven únicamente para confirmar la regla. Si una mujer "femenina" (y la feminidad ha de vivirse y practicarse con fervor místico) sabe sus deberes, no ignora que si asiste a un campus universitario, a una oficina, a un certamen deportivo, es con el fin de encontrar pareja. Una vez que este fin se ha conseguido, bien puede olvidar lo que aprendió o aquello en lo que adquirió destreza. Son adminículos estorbosos en el nuevo y sublime papel que va a desempeñar: el de esposa, madre, ama de casa.

A pesar de los conjuros, los casos teratológicos continúan allí. Hay mujeres, muy femeninas, que ocupan altos puestos en la administración pública o privada; hay mujeres, muy femeninas, que se dedican a la ciencia, al arte, a muchas otras actividades y cuya obra es reconocida y admirada.

Claro. ¿Pero a costa de qué? De haber renunciado a la felicidad, ese estado de perpetua beatitud del que disfruta la sencilla mujercita hogareña. Pero cuando se descubre que la felicidad es algo que tampoco alcanza la sencilla mujercita hogareña, llega la hora de pedir cuentas al responsable. ¿Quién fue el de la idea de atraer a las mujeres con un señuelo falso y llevarlas por un camino que conduce a la autodestrucción y la destrucción de lo que las rodea, en el peor de los casos, o a la autoestupidización y la estupidización de lo que las rodea, en el mejor?

Como ante un complot, como ante un crimen, Betty Friedan medita: ¿a quién aprovecha la situación creada a partir de un espejismo y mantenida y difundida por todos los medios masivos de comunicación, por todos los instrumentos de la propaganda? Y Betty Friedan responde, luego de hacer pesquisas, interrogatorios, encuestas: "la mística femenina" surge al final de la segunda Guerra Mundial y tiende, como meta inmediata, a eliminar a las mujeres que habían suplido en el trabajo a los hombres que se encontraban en el frente. Se distorsionó la imagen de la *career woman* hasta volverla repugnante y ridícula, mientras se exaltaba la figura de la mujer

119

que hornea su propio pan, que cose su propia ropa, teme a los ratones y no encuentra apoyo sino en el amplio y fuerte tórax de un hombre. La mujer-hiedra, la mujer-parásito que se nutre de la vitalidad ajena.

Pero hubo mujeres tenaces que no renunciaron a sus puestos. ¿Qué se hizo con ellas? Negarles el ascenso, disminuirles el salario, quitarles importancia en tanto que funcionarias, discriminarlas en todas las formas posibles e impunes.

Cuando los magos de la manipulación de cerebros cubrieron esta primera etapa descubrieron un nuevo filón: la mujer hogareña era un ente consumidor por excelencia. Y la rodearon de productos sin los cuales no valía la pena vivir: aparatos, muebles, adornos.

Bien, ya está decorado el escenario. ¿Y los protagonistas? Son bellos porque usan los cosméticos que les prometen belleza, son adorables porque se aplican afeites que les aseguran seducción. Y cuando, sin saber por qué, están desasosegados, salen de compras. Nada levanta el ánimo tanto como poseer algo nuevo. ¿Qué? Cualquier cosa. Lo importante es comprar, ser dueño de algo tangible, olfateable, comestible, exhibible.

Betty Friedan denuncia esta maquinación y simultáneamente llama a combatirla. Su libro —*La mística femenina*— es una levadura que fermenta en muchas inteligencias, que incuba muchas inconformidades, que orienta muchos proyectos de vida, que sirve de base, en fin, a un movimiento emancipador. □

NOCHE OSCURA DEL ALMA 1970

La situación ha cambiado desde que Antoine Roquentin —el protagonista de *La náusea,* de Jean Paul Sartre— descubre su existencia en la célebre "escena del jardín". Una existencia despojada de soportes metafísicos (gratuita, contingente) y de rotundidad biológica (frágil, efímera), pero que se experimenta con tal intensidad, que se padece de manera tan honda que llega a vivirse ya no sólo como un problema mental o sentimental sino como un malestar corpóreo.

Ahora, el planteamiento que nos ofrece Susan Sontag en su novela *Estuche de muerte* es distinto por el enfoque, por el desarrollo y por la conclusión.

Diddy, el personaje, ni siquiera siente su cuerpo, y si le falta esta evidencia, que es la más elemental, la más inmediata y, aparentemente al menos, la más cierta, es fácil suponer que transitará a un escepticismo absoluto. Escepticismo que no lo incluye dentro de la totalidad sino que emana de sí mismo y cubre lo que lo rodea, borrando los contornos, diluyendo las formas, desvaneciendo la solidez y la presencia de lo sólido y presente.

Para Sartre la angustia existencial se conjura de un modo teórico en el momento en que la persona asume la índole de su realidad y la acepta, aunque sea refugiándose en los recursos de mala fe. El hombre, llega a sostener el filósofo francés, es una gran pasión inútil, pero el saber que sus proyectos y sus logros desembocan en la nada, no lo hace menos responsable, menos libre, menos dispuesto a ser el instrumento al través del cual se lleva al cabo la historia humana.

121

Diddy, en cambio, no adquirirá más noción de su ser que la que le deparen sus actos. Pero no un acto cualquiera, indiferenciado, rutinario, sino un acto privilegiado, excepcional, que modifique las circunstancias, que disminuya uno de los factores que integran el mundo. Con las mismas razones que Raskolnikov, va a afirmarse gracias al asesinato.

Pero el hecho ocurre de tal modo que no deja ninguna huella, y la única persona que podía haber servido de testigo es una joven aquejada de ceguera, que asegura no haber percibido ningún signo que le permita deducir que el acontecimiento en que Diddy ha fungido como verdugo ha ocurrido en verdad.

Queda una última esperanza: la exhibición de la víctima. Por ella clamará la familia y exigirá justicia la sociedad. Pero la versión periodística es que la víctima lo ha sido de un accidente, y su cadáver se incinera con una rapidez que impide cualquier especulación que, por otra parte, nadie, excepto Diddy, se propone.

He aquí entonces el acto definitivo convertido en una mera hipótesis a la que Diddy no logra aferrarse más que al través de Hester, la muchacha ciega, con quien convive después de haber renunciado a su trabajo y a cualquiera otra relación humana. Ambos se encierran en una habitación siempre en penumbra que los ayuda a adquirir una calidad fantasmagórica.

Para detener este proceso de evanescencia, Diddy inventa un ardid desesperado: regresar con Hester al teatro de los acontecimientos y obligarla a que contemple (¿cómo?) la repetición del espectáculo. Consumarlo de nuevo, obtener el asentimiento cómplice de Hester, ejecutar con ella el ritual amoroso le permiten a Diddy el acceso a otro nivel de conciencia en el que explora su muerte, que no es más que "el encierro total en su propio pensamiento".

Novela rigurosamente intelectual, escrita no para describir caracteres ni narrar anécdotas sino para mostrar un punto de vista y demostrar una tesis, *Estuche de muerte* delata las preocupaciones de la autora, que se mueve con mucha más soltura y plenitud en el terreno del ensayo. □

CLARICE LISPECTOR:
LA MEMORIA ANCESTRAL

UN LIBRO, un autor genial no surgen en el vacío sino en un contexto que forman la tradición heredada y los libros y autores contemporáneos que alcanzan y sostienen un nivel decoroso, cuando no excelente.

Por eso, cuando hace algunos años nos deslumbró la aparición de *Gran sertón: veredas,* de João Guimarães Rosa, tuvimos que suponer nombres y obras en torno suyo. Nombres y obras que ayudaran a explicarla, a situarla, a entenderla, a complementarla.

Tuvimos que suponer lo que ignorábamos a ciencia cierta porque Brasil comparece en las páginas periodísticas, pero no tanto en la sección cultural cuanto en las secciones políticas y deportivas. Porque si los otros países hispanoamericanos nos resultan inaccesibles (pues la distancia no queda abolida por las comunicaciones y los intercambios sino que se preserva intacta, salvaguardada por tabúes mercantiles), en el caso del Brasil —que necesita de traductores, además de todos los otros vínculos culturales— la inaccesibilidad adquiere el rango de definitiva y total.

Mas he aquí, de pronto, que tenemos en nuestras manos un libro "dentro del cual tiende a borrarse cualquier frontera genérica": *La Pasión según G. H.,* de Clarice Lispector.

¿Quién es Clarice Lispector? Es, junto con Dinah Silveira de Queiroz, una de las grandes narradoras en lengua portuguesa de nuestros días. Su bibliografía comprende cinco novelas: *Perto do coração selvagem, O Lustre, A cidade sitia-*

124

da, A macano escuro y *O misterio do colho pensante.* Sus relatos breves se agrupan en cuatro volúmenes: *Alguns contos, Laços de familia, A Legião Estrangeira* y *A mulher que matou on peixes.*

Muchos de los críticos han señalado la afinidad que existe entre Virginia Woolf y Clarice Lispector. Afinidad. Lo que significa mucho más que influencia, perspectivas comunes e instrumentos de trabajo semejantes.

La Pasión según G. H. —declara su autora— es como un libro cualquiera.

Pero yo me contentaría si fuese leído solamente por personas de alma ya formada. Aquellas que saben que la aproximación de lo que sea se realiza gradual y penosamente, atravesando incluso lo opuesto de aquello a lo cual se va a aproximar. Aquellas personas que, sólo ellas, entenderán bien despacio que este libro nada toma de nadie. A mí, por ejemplo, el personaje G. H. me fue dando poco a poco una alegría difícil; pero que se llama alegría.

El personaje G. H. es una mujer a la cual no le interesa contemplarse, detenerse en su imagen, complacerse en la observación de sus estados de ánimo. Sólo como un cumplimiento hacia nosotros, los posibles lectores, menciona algunos datos para que no nos sea tan difícil imaginarla, colocarla en un sitio y en un momento determinados. Y esos datos son: que carece de problemas económicos y sentimentales y que si quisiera (y va a querer) reconocería que se encuentra en el ámbito de una aterradora libertad. El ámbito en el que, si permanecemos con la mirada fija, se producen las revelaciones. No en el nivel de la inteligencia ("sabía que estaba destinada a pensar poco, raciocinar me encerraba dentro de mi piel") sino en otro, abismático, al que casi nunca descienden las palabras.

125

Voy a creer lo que me sucedió. Sólo porque vivir no es narrable. Vivir no es vivible. Tendré que crear sobre la vida. Y sin mentir. Crear sí, mentir no. Crear no es imaginación, es correr el gran riesgo de tener la realidad. Entender es una creación, mi único modo.

Y entender es, simultáneamente, formular. Porque "sin dar una forma nada existe en mí". Hay, pues, que poner un límite al caos, construir la sustancia amorfa, vaciar —en el molde de una anécdota— lo evanescente de una visión.

Pero la anécdota no ha de usurpar el sitio que pertenece a la otra experiencia ni hacernos apartar los ojos del verdadero fondo para distraernos en las trivialidades del detalle. Naturalmente, puesto que Clarice Lispector está haciendo literatura, el detalle está allí y cumple su función de servir como punto de apoyo al que podemos asirnos cuando se desencadena la fuerza de la verdad. El detalle está allí para que la mente no pierda hasta el último contacto con lo que le es familiar, mientras va dejándose invadir por las oleadas ininterrumpidas del tiempo, que lo abarca todo.

G. H. despierta un día como cualquier otro en su casa. No aguarda a nadie y nadie la aguarda. Se ha quedado sin quien la sirva y decide poseer su casa de la manera que las mujeres la poseen: arreglándola. Para que nada interrumpa su tarea descuelga el teléfono y empieza por el cuarto de la sirvienta, precisamente. Y encuentra no lo que esperaba (oscuridad, desorden, mugre) sino "un aposento limpio y vibrante, como en un hospital de locos donde se retiran los objetos peligrosos".

En la pared encalada, contigua a la puerta... estaba, casi en tamaño natural, el contorno a carbón de un hombre desnudo, de una mujer desnuda y de un perro que estaba más desnudo que un perro... La rigidez de las líneas incrustaba las figuras agigantadas y tontas en la pared como de tres autómatas. Hasta el perro tenía la locura mansa de aquello que no es movido por fuerza propia.

A G. H. se le hace patente, en un relámpago aterrador, que la figura femenina la representa a ella tal como ha sido vista por los ojos de una criatura que pertenece a otras edades y que arrastra a G. H. hasta esas edades para identificarla con su representación. Ha cedido en la primera escaramuza y ya no podrá recuperar sus ventajas, ni siquiera equilibrar su posición. Ha permitido que una mirada eche abajo la cuidadosa estructura de su apariencia actual, y el vacío permite que emerja a la superficie lo que estaba enterrado por siglos de civilización, de acato a las leyes, de obediencia a las normas, de repetición de las costumbres. Que emerja lo último que se es: la materia, antes de evolucionar en sus especies, antes de encarnar en las criaturas, antes de permanecer en la voluntad, antes de resplandecer en la inteligencia. La materia que es sólo contemporánea de la memoria.

Fue así como fui dando los primeros pasos en la nada. Mis primeros pasos vacilantes en dirección a la vida y abandonando mi vida. El pie pisó en el aire y entré en el paraíso o en el infierno: en el núcleo.

Ese núcleo es lo indivisible. Allí no hay ni tú ni yo ni nada que se asemeje a lo humano, que establece una línea para separar un grano de arena de otro, para abrir una brecha en los instantes sucesivos de luz.

Perderse en la totalidad, despojarse del último atributo propio es un proceso doloroso pero que no termina allí sino que continúa en otro momento: en el que

orgiásticamente, se pasa a sentir el gusto de la identidad de las cosas... Hasta entonces mis sentidos viciados estaban mudos para el gusto de las cosas. Pero mi más arcaica y demoniaca sed me había llevado subterráneamente a desmoronar todas las construcciones. La sed pecaminosa me guiaba —y ahora sé que sentir el gusto de ese casi nada es la alegría secreta de los dioses—.

¿De los dioses? ¿Es que G. H. todavía se mueve dentro de la multiplicidad? No será más que un tránsito mientras su método de visión, que tiene que ser enteramente imparcial, encuentre el camino de acceso al Dios "indiferente", que es totalmente bueno porque no es bueno ni malo; que está en el seno de una materia; que es la explosión indiferente de sí misma.

Y, ahora, por último, comprende su trayectoria no desde un ayer que puede olvidarse y desdeñarse sino desde un principio que se tiene que recordar. La marcha comienza en la prehistoria y atraviesa desiertos y carece de orientación y se extravía y regresa y vuelve a extraviarse hasta que

casi muerta por el éxtasis del cansancio, iluminada de pasión, había encontrado al fin el cofre. Y en el cofre, centelleante de gloria, el secreto escondido. El secreto más remoto del mundo, opaco, pero cegándome con la irradiación de su existencia simple, allí centelleando en gloria que me dolía en los ojos: dentro del cofre el secreto. Un pedazo de cosa.

Es este pedazo de cosa al que tiene que dar forma y nombre. Lo hará por medio del arte, que cuando "es bueno es porque tocó lo inexpresivo". Y el nombre será tan directo y tan exacto que parecerá simbólico. ☐

MERCEDES RODOREDA:
EL SENTIMIENTO DE LA VIDA

Entre la pléyade de escritoras españolas contemporáneas (entre las que destaca inmediatamente el nombre de Ana María Matute, dotada de un gran don lírico y de una amplia visión histórica; o el de Carmen Martín Gaité, atenta a los objetos que circundan y posibilitan la experiencia cotidiana y a su permanencia, mayor que la de las pasiones y aun que la vida misma del hombre; o el de Elena Quiroga, autora de una novela magistral por el uso del lenguaje, por la creación del ambiente y por el perfil de los protagonistas: *La enferma*) hay que incluir a Mercedes Rodoreda, de origen catalán, que había iniciado su carrera literaria en los años anteriores a la Guerra Civil. Con su prosa ha obtenido dos premios: el Creixells del año 38, conferido a la novela *Aloma,* y el Victor Catalá de 57 por sus *Vint-i-dos contes.* Con su poesía ha salido vencedora en los juegos florales de Londres (1947), París (1948) y Montevideo (1949). Pero lo que ahora nos ocupa es un libro suyo, *La plaza del diamante,* redactado en 1960 y traducido ya a varias lenguas, entre ellas el español.

Por su temática y por la forma de su desarrollo, encontramos entre esta obra y la de Consuelo Álvarez, *La piedad desnuda,* un estrecho parentesco. En ambas los sucesos están siendo contemplados y narrados desde el punto de vista de una mujer. Y esos sucesos no son, de ningún modo, extraordinarios sino los que constituyen la trama diaria de la vida de unos personajes que carecen de cultura, de medios económicos, de ambiciones y aun de grandes problemas. Que convi-

129

ven, más que por elección, por casualidad. Que trabajan, no para realizarse como seres humanos sino para satisfacer las más perentorias necesidades; que engendran hijos por instinto. Que los crían según la costumbre y que van encaminándose, poco a poco, hacia la vejez y hacia la muerte sin haber rozado, ni de lejos, el significado o la vivencia de ciertas palabras: amor, felicidad, sentido de las cosas.

Lo primero que hay que elogiar en la novela de Mercedes Rodoreda es la fidelidad con que se ciñe a las posibilidades tanto expresivas como reflexivas de su personaje-narrador: Natalia. Comienza su relato cuando ella es apenas una joven que asiste, con expectación gozosa, a un baile popular. ¿Qué espera hallar allí? Un rato de diversión permitida, una ausencia temporal de una casa donde vive su "padre casado con otra, y yo sin madre, que sólo había vivido para cuidarme" y que ahora ya no puede siquiera aconsejarla en sus pequeños pero trascendentales dilemas: ¿escuchará al Pere, que le dice palabras dulces, o permanecerá fiel a su novio, el Quimet, que es ebanista, que para casarse deja bien establecidas sus condiciones?

Y me dijo que si quería ser su mujer tenía que empezar por encontrar bien todo lo que él encontraba bien. Me soltó un gran sermón sobre el hombre y la mujer y los derechos del uno y los derechos de la otra y cuando pude cortarle le pregunté:
—¿Y si una cosa no me gusta de ninguna manera?
—Te tendrá que gustar, porque tú no entiendes.
Y otra vez el sermón: muy largo. Salió a relucir mucha gente de su familia: sus padres, un tío que tenía capillita y reclinatorio, sus abuelos y las dos madres de los Reyes Católicos, que eran, dijo, las que habían marcado el buen camino.

Naturalmente acaba por decidirse por el Quimet. Es sólido, asentado, sabe lo que quiere y tiene determinación y voluntad para obtenerlo. En cuanto al Pere, está bien para soñar con sus halagos de brisa que pasa acariciando; está bien para recordarlo en las horas de aburrimiento en que el horizonte se estrecha hasta convertirse en la punta de una aguja; está bien para sentir nostalgia como se siente nostalgia de no ser rubia cuando se es morena o de no tener el pie pequeño cuando se tiene el pie grande. Pero no está bien para fundar una familia, esa institución que requiere buenos cimientos y paredes construidas como para resistir y un techo que resguarde de la intemperie y sus rigores.

El Quimet reúne todas las condiciones necesarias. Pero ¿y Natalia? Nadie le hace esta pregunta porque se da por sentado que así tiene que ser. ¿No es una mujer? ¿No han sido las mujeres hechas para casarse? De una manera automática (tanto de su parte como de la de quienes la rodean), Natalia acepta la proposición del Quimet y lleva adelante los trámites: la búsqueda del piso en el que vivirán, su acondicionamiento, la presentación de las dos familias que van a emparentar, la ceremonia. Y luego el cambio de un hogar en el que no era más que una huérfana a otro en el que se la proclama dueña pero donde no es más que un objeto al que se usa, al que se cambia de lugar, al que se carga con un hijo o con dos, sobre el que se descarga una lluvia incesante de órdenes, de reproches, de definiciones peyorativas: "Colometa, no seas pasmada; Colometa, has hecho una tontería; Colometa, vete; Colometa, ven".

Colometa, sobrenombre de Natalia porque cría palomas, y cría palomas porque es una ocurrencia del marido, que se pone de mal humor cuando le va mal en el trabajo. Colometa, que está tan poco acostumbrada a los elogios que cuando recibe uno, anónimo, en la calle, se ofende.

Unos cuantos tontos me empezaron a decir cosas para molestarme y uno muy gitano se acercó más que los otros y dijo, está

131

buena. Como si yo fuese un plato de sopa. Todo aquello no me hacía ninguna gracia. Claro que era verdad, como mi padre siempre decía, que yo había nacido exigente..., pero lo que a mí me pasaba es que no sabía muy bien para qué estaba en el mundo.

Natalia no sólo no sabía muy bien para qué estaba en el mundo (ni llega a averiguarlo nunca) sino que tampoco está muy cierta de quién es. Aun su propio cuerpo le parece extraño, ajeno. "Cuando me despertaba me ponía las manos muy abiertas delante de los ojos y las movía para ver si eran mías y si yo era yo."

¿Pero qué es ser yo? Si Natalia hubiera preguntado le habrían respondido con una serie de esquemas: eres catalana, vives en Barcelona, perteneces a la baja clase media, profesas la religión católica y te has casado por la Iglesia con un hombre trabajador y honrado. Y puesto que respetas las costumbres y la moral, eres respetable. Además, nadie puede hacerte el reproche de que no administras con prudencia tus bienes, de que no limpias con constancia tu casa, de que no alimentas lo mejor posible a tu familia. Y menos aún pueden echarte en cara que eres estéril. Has parido hijos. Vas a permanecer. Ahora y más tarde. En la repetición invariable de la rutina. En tu descendencia. En un retrato que irá poniéndose amarillo, primero colgado de una pared y luego arrumbado en un desván. Tu alma, mientras tanto, gozará de las delicias del cielo.

Y sin embargo, Natalia no se asume como la encarnación de ninguno de estos valores.

En el terrado, rodeada de viento y de azul, tendiendo la ropa, o sentada cosiendo, o yendo de acá para allá era como si me hubieran vaciado de mí misma para llenarme de una cosa muy rara.

132

Pero quizá le hubiera parecido mucho más raro (y más intolerable) ser ella misma, esto es, inventarse, descubrirse, elegirse, realizarse. En el fondo, Natalia es como las palomas a las que cría y a las que, en un arrebato, decide soltar.

Las palomas, muy desconfiadas, fueron saliendo del palomar, unas detrás de otras, con mucho miedo de que fuese una trampa. Había algunas que, antes de volar, subían a la barandilla y echaban una ojeada. Les pasaba que no estaban acostumbradas a la libertad y tardaban en meterse en ella. Y sólo echaron a volar tres o cuatro... Las palomas, cuando estuvieron cansadas de volar, fueron bajando ahora una y luego otra y se metieron en el palomar como viejas en misa, con pasos menuditos y con la cabeza adelante y atrás como maquinitas bien engrasadas. Y desde aquel día no pude tender la ropa en el terrado porque las palomas me la manchaban. La tenía que tender en el balcón. Y gracias.

La existencia de Natalia se altera (no mucho, ¿qué tiene ella que ver?) con el desencadenamiento de la guerra civil. Faltan víveres, el marido va al frente, queda viuda, le quitan el trabajo al ser acusada de roja. Cada día está más pobre y más desamparada y cuando la guerra termina no tiene ya ningún recurso del cual echar mano. Piensa en matar a sus hijos, en matarse. Pero el dueño de la tienda a la que va a comprar el veneno le ofrece un trabajo y Natalia acepta y la corriente vuelve a sus viejos cauces. Ahorra, come las buenas sobras que le regalan, se casa con el dueño de la tienda. Todo habría estado bien si Natalia hubiera seguido ignorando que tenemos

muchas vidas, entrelazadas unas con otras, pero que una muerte o una boda, a veces, no siempre, las separaba, y la vida de verdad, libre de todos los lazos de vida pequeña que la habían atado, podía vivir como habría tenido que vivir siempre si las vidas pequeñas y malas la hubieran dejado sola... Las vidas entrelazadas se pelean y nos martirizan y nosotros no sabemos nada como no sabemos del trabajo del corazón ni del desasosiego de los intestinos.

Porque vivir no exige tanto el trabajo de la conciencia cuanto la capacidad de aceptar, primero, y de soportar siempre. ☐

CORÍN TELLADO: UN CASO TÍPICO

Según escribe Virginia Woolf en sus ensayos dedicados al tema feminista y recopilados en los volúmenes que llevan por título *Tres guineas* y *Un cuarto propio*, la primera profesión que pertenece al orden de la cultura, es decir, al mundo exclusivamente masculino, y que tuvo la capacidad de ejercer la mujer, fue la literatura. Y esto por razones meramente prácticas.

En primer lugar, el instrumento de expresión de los géneros literarios es el lenguaje. Y desde muy temprana edad las mujeres aprenden, por lo menos, a hablarlo. Claro que del lenguaje oral al escrito hay una enorme diferencia cualitativa. Pero cuando la alfabetización dejó de ser un privilegio de ciertas clases y de ciertos grupos y comenzó a extenderse aun entre las clases populares, las mujeres aprovecharon esta ventaja y, en el caso de los países de religión protestante, otra: la frecuente lectura de la Biblia, que les proporcionó una enorme riqueza de vocabulario y de imágenes, una colección de historias y de anécdotas heroicas, tiernas, atrevidas, llenas de vicisitudes y coronadas siempre por el triunfo de la justicia. Ahí estaba el dechado y por la otra parte el deseo incoercible de imitar, de reproducir, instinto femenino si los hay. ¿Qué faltaba? Papel, pluma. Dos artículos que no son difíciles de conseguir en el mercado ni por su precio ni por los requisitos exigidos para su venta. Sobraba el tiempo libre. La vigilancia de los padres y los tutores era fácil de burlar, gracias a los siglos de tradición y de práctica de este deporte. Claro que era indispensable el talento. Pero el talento mimético es quizá el único que ni los zoólogos ni los otros especialistas en el tema han negado que poseen las mujeres.

Por eso, continúa Virginia Woolf, es que hubo antes escritoras que pintoras (¿cómo inscribirse a una academia de arte? ¿Cómo contratar a una modelo para el desnudo sin causar escándalo? ¿Cómo comprar un material caro, como son los colores, y conspicuo como son las telas por el espacio que ocupan? ¿Cómo procurarse un estudio cuando no se disponía de ningún sitio privado en la casa en la que no se reconocía a sus "amas" el derecho a la intimidad?) Y lo mismo puede decirse de las escultoras, de las músicas, de las aficionadas a la ciencia y detenidas desde el principio de su carrera por la imposibilidad de adquirir una técnica.

En cambio, las escritoras prosperaban. Jane Austen ocupaba la mesa del cuarto de estar para la redacción de sus novelas y tenía que apresurarse a esconder los manuscritos cuando se anunciaba la presencia de una visita. Pero estas interrupciones no frustraron la aparición de *Orgullo y prejuicio*, *La abadía de Northanger* o de *Sentido y sensibilidad*. Las hermanas Brontë sustituían con su trabajo y con su genio el fracaso de su hermano, que era el naturalmente elegido por los dioses y por los hombres para alcanzar la gloria pero que se debatía en la enfermedad y el vicio; Emily Dickinson se enclaustraba, se apartaba del mundo, para mejor meditar y realizar sus poemas.

Pero aunque dadas las circunstancias su número nos parezca impresionante, resulta siempre muy escaso. Los nombres que acabamos de enumerar y otros que se nos escapan (porque no consiste nuestra pretensión en ser exhaustivas) carecían, o del desahogo económico suficiente, o de la noción de la importancia del arte como forma de manifestación del espíritu.

Junto a la joven soltera, de temperamento delicado y de

carácter extravagante que se daba el lujo de plasmar en el papel sus emociones, sus meditaciones, sus preocupaciones únicamente por el gusto de hacerlo y que se resguardaba tras el anonimato, aparece la figura un poco trágica y otro mucho ridícula de la pobre viuda cargada de hijos que no sabe cómo mantener su hogar y a quien la prostitución no le ofrece perspectivas muy brillantes. Por lo cual decide cultivar el folletín (género que ha caído en un descrédito absoluto en nuestros días pero que en sus inicios no fue desdeñado por las plumas de un Dostoievski, de un Dickens, de un Eça de Queiroz) para complacer al público y obtener una modesta ganancia.

¿Perfección en el estilo? ¿Trazo firme de los caracteres? ¿Verosimilitud en las situaciones? ¿Sentido del equilibrio en el desarrollo? Dios mío, ¿quién tiene tiempo de hablar de eso o de detenerse en tales minucias cuando la imprenta exige a una hora fija su ración cotidiana? Y cuando los lectores siguen ávidamente a los protagonistas en esas peripecias que los hacen descender súbitamente del trono al cadalso; o ascender de la condición de institutriz a la de cónyuge legítima; de la oscuridad del anonimato burgués al esplendor del título nobiliario; del mediano pasar a la opulencia heredada de algún familiar que traficó con esclavos pero que ahora se redime proporcionándole una dote generosa a una huérfana.

¿Qué quiere, en resumidas cuentas, el público, además de que —como dice Lope— le hablen en necio para que entienda? Quiere ser entretenido, llevado de la mano por los más complicados y sutiles vericuetos, contemplar el desenmascaramiento de los hipócritas, la confusión de los malvados, la recompensa de las virtudes de los buenos, la exaltación de los humildes y la humillación de los poderosos.

El público quiere creer que existe algo que sus múltiples experiencias de la vida le han evidenciado como una quimera: la felicidad. Pero no esa felicidad que predican los moralistas y que, aparte de exigir un entrenamiento más arduo que el de un atleta que va a competir en los Juegos Olímpicos, consiste en un estado de ánimo que no se altera con los cambios de la fortuna y que contempla con igual indiferencia la ganancia que la pérdida, la salud que la enfermedad, la muerte que el nacimiento.

No, el público tampoco quiere esa otra felicidad diferida a otro mundo que nos prometen las religiones sino otra, hecha de objetos tangibles, de disfrutes obvios. La muchacha es feliz porque en vez de consumirse en la árida soltería de un pueblucho se casa en la catedral de la provincia con el dueño del castillo. Y su matrimonio hace que se enfermen de envidia todas sus rivales, que no tienen más remedio que aceptar que sus maquinaciones para que tal evento no se efectuase resultaron inútiles y que no les queda otra alternativa sino saborear el amargo pan de la derrota.

Este concepto de la felicidad que florece en la novela rosa ha permanecido incólume a pesar del descubrimiento de la fisión del átomo y de que los astronautas hayan posado ambos pies en la Luna. El público quiere dormirse escuchando el mismo arrullo, el mismo sonsonete. Lo único que cambia es la decoración.

Si M. Delly o Eugenia Marlitt desarrollaban sus episodios en un marco feudal, Corín Tellado (que según estadísticas de la UNESCO ocupa el segundo lugar en el mundo en cantidad de lectores, ventas y regalías) tiene como campo de operaciones los astilleros de un puerto, el despacho de una prestigiada firma de abogados, la clínica particular de un médico, el criadero de caballos de pura raza de un aficionado a las carreras.

Cambia también la estructura de la heroína. Delly las dibujaba pacientes, silenciosas, recogidas entre los límites sagrados de la propiedad hereditaria, entreteniéndose en bordar y en enseñar "los rudimentos de la aurora" a los niños pequeños que carecían, para que este acto de caridad fuese posible, de padre, de madre y de perro que ladre.

Corín imprime un dinamismo muy especial a sus protagonistas. Si son ricas, manejan a toda velocidad los automóviles más rápidos que se fabrican en la actualidad. Atraviesan a nado los grandes lagos. Son alpinistas. Y cuando no les da por ahí, les da por administrar los negocios de la familia, por supervisar el funcionamiento de las fábricas, por calar personalmente la calidad de los nobles brutos que componen su cuadra. Y cuando por casualidad se quedan quietas, es para fumar un cigarrillo o para saborear lentamente una copa de coñac mientras escuchan el chisporroteo de los leños de la chimenea.

Si son pobres, desempeñan los menesteres más peregrinos: mecánicas o conductoras de automóviles de alquiler, hábiles pescadoras, buzos audaces. En los dos casos son independientes de carácter, hacen poco caso de los prejuicios, desafían la maledicencia. Pero eso sí: su castidad no ha sido perturbada nunca por una tentación ni su cuerpo maculado por la más mínima caricia. Éste es el premio que reservan al muchacho con el que van a casarse. Y que a veces es muy bueno y a veces es muy malo. Pero siempre propenso a la redención, al descubrimiento y reconocimiento de la verdad deslumbradora del amor. Y siempre, siempre, siempre es joven, guapo, saludable, seductor. Atributos que no constituyen más que una variante en torno al tema central: el protagonista es millonario. □

MARÍA LUISA BOMBAL
Y LOS ARQUETIPOS FEMENINOS

Cuando una mujer latinoamericana toma entre sus manos la
literatura lo hace con el mismo gesto y con la misma intención con los que toma un espejo: para contemplar su imagen.
Aparece primero el rostro: bello en la nitidez del perfil, en la
profundidad de los ojos, en la longitud de las pestañas, en
la boca expresiva, en los pómulos firmes, en la barbilla graciosa. Y cuando alguna incorrección de los rasgos se presenta, no es para afear la cara sino para hacerla interesante, para
dotarla de un sentido difuso, misterioso, fascinador.

Luego, el cuerpo. Esbelto y generoso alternativamente,
sirve para proporcionar al abrazo amoroso la resistencia o
el hueco que precisa para cumplirse y alcanzar la plenitud.
El cuerpo que se viste de sedas y de terciopelos, que se
adorna de metales y de piedras preciosas, que cambia sus
apariencias como una víbora cambia su piel para expresar... ¿qué?

Las novelistas latinoamericanas parecen haber descubierto mucho antes que Robbe-Grillet y los teóricos del *nouveau
roman* que el universo es superficie. Y si es superficie, pulá-
mosla para que no oponga ninguna aspereza al tacto, ningún
sobresalto a la mirada. Para que brille, para que resplandez-
ca, para que nos haga olvidar ese deseo, esa necesidad, esa
manía de buscar lo que está más allá, del otro lado del velo,
detrás del telón.

Quedémonos, pues, con lo que se nos da: no el desarrollo
de una estructura íntima sino el desenvolvimiento de una

sucesión de transformaciones. Empiezan con el nacimiento, sí, y se ciñen a un canon rigurosamente establecido, pero lo que no es seguro (por lo menos para María Luisa Bombal) es que concluyan con la muerte.

La niña es la criatura amorfa en la cuna. Pero también la decepción del padre, la ternura un poco culpable de la madre, la devoción compensadora de la aya. Y el agua bautismal no logra exorcizar esas potencias oscuras que se aposentan en ella y que irán creciendo con la edad y manifestándose de diversas maneras según las circunstancias.

La niña vive en el seno de un hogar feudal: de un mundo chileno, de una estancia argentina, de una hacienda mexicana. Se familiariza con las presencias del campo y encuentra una secreta afinidad con la inmóvil majestad de los árboles, con la obediencia de los arbustos, con la astucia de los animales. Y no sabe de sí sino que existe y que un gran acontecimiento va a producirse en ella al través de ella. Pero mientras ese gran acontecimiento adviene no queda más que aguardar: meciéndose en la lentitud muelle de la hamaca durante el verano; viendo caer la interminable lluvia del invierno junto a la chimenea.

La niña forma parte de una familia burguesa de las que habitan nuestras grandes, aunque todavía balbuceantes, ciudades. Y le cuesta trabajo ubicarse, encontrar parentescos en este mundo en el que no hay objeto que no haya sido creado por la mano del hombre y para servir las necesidades del hombre. Pero no nos equivoquemos: la búsqueda de esta niña para encontrar su sitio y sus similitudes no es activa. Ni se mueve ni interroga. Sufre una vaga angustia. Su instinto le avisa que algún día esa angustia se desvanecerá. Y mientras tanto, aguarda. Mirando tras los visillos del balcón, guardando esa compostura que es quizá lo único que han logrado inculcarle en la escuela.

141

La crisálida, de pronto, se convierte en mariposa. Dentro y fuera de la muchacha hay una especie de ebullición. Música, risas, bailes. Su mano se enlaza con otra mano, su cuerpo se funde con otro cuerpo. Y se entrega a una corriente impetuosa de sensaciones y de sentimientos ignorando que se llaman delicia, placer, amor.

Como en las estaciones del año, como en los ciclos de la siembra y de la cosecha, los cuerpos se separan, sin un adiós, sin una promesa, lo mismo que se unieron sin un juramento. Y la mujer guarda lo único que será suyo, completamente suyo, para siempre: la nostalgia. Le ciñe la frente más que la corona de azahares con la que va a desposarse. La acompaña al lecho de novia en que va a posesionarse de ella un extraño y sangra a la embestida del deseo furioso más de lo que puede sangrar su virginidad.

Poco a poco esa mujer va petrificándose en estatua. Yacente en el momento del parto, en el largo puerperio. Y después en el único lujo que ella misma se concede y que los demás le aceptan: el ocio.

Perezosamente mira los juegos de sus hijos, los devaneos del marido, que va de una aventura en otra, cebando sus sentidos, estragando su corazón. Y si alguna vez el hombre cae en alguna de las trampas que él mismo ha tendido y el vértigo de las pasiones lo arrastra y estalla el escándalo, la mujer no se ase de la ira para sostenerse, de la indignación para apartarse. Sino que ciñe con 10 dedos convulsos el cetro de la legitimidad para perseverar, para que cuando el pródigo regrese halle la mesa puesta y la casa en orden y la familia unida.

La pareja continúa presidiendo las ceremonias religiosas y civiles, los aniversarios luctuosos y festivos: ¿por qué? Del hombre, María Luisa Bombal no responde porque no alcanza a percibir sino el absurdo de su conducta.

142

Siempre en movimiento, siempre dispuestos a interesarse por todo. Cuando se acuestan dejan dicho que los despierten al rayar el alba. Si se acercan a la chimenea permanecen de pie, listos para huir al otro extremo del cuarto, listos para huir siempre hacia cosas fútiles. Y tosen, fuman, hablan fuerte, temerosos del silencio como de un enemigo que al menor descuido pudiera echarse sobre ellos, adherirse a ellos e invadirlos sin remedio.

Pero la constancia de la mujer sí se explica:

lo sigo para llevar a cabo una infinidad de pequeños menesteres; para cumplir con una infinidad de frivolidades amenas; para llorar por costumbre y sonreír por deber. Lo sigo para vivir correctamente, para morir correctamente algún día.

¿Basta vivir correctamente y morir correctamente? Desde luego que no. Pero como no existe ninguna otra alternativa real (¿vivir apasionadamente como Emma Bovary para terminar apurando un vaso de veneno? ¿Vivir desafiando los convencionalismos sociales como Ana Karenina para ser repudiada aun por su cómplice y suicidarse arrojándose al paso de un tren? ¿Vivir la aventura de Anita de Ozores y sembrar la desgracia en torno suyo y no soportar el peso de los remordimientos y desfallecer de locura a los pies de una divinidad implacable?), se inventan alternativas imaginarias. La protagonista de *La última niebla* se sustenta del recuerdo de una única noche de amor con un desconocido. Pero el recuerdo va debilitándose con el tiempo, y como carece de estímulos para renovarse y no tuvo testigos, acaba por adquirir una calidad fantasmal. ¿De veras ha ocurrido lo que ha ocurrido o fue sólo una jugarreta de esa niebla que envuelve la ciudad, que cubre el campo? Pero aun vuelto fantasma, el amante es el único interlocutor de sus diálogos, el destinatario de sus cartas, la obsesión de sus pensamientos, la fortaleza de su desconsuelo, la compañía de su soledad.

Porque en las historias que cuenta María Luisa Bombal las mujeres no están nunca acompañadas por aquellos con los que se liga con los lazos sacramentales o de sangre. Cuando sobre el ataúd de Ana María, *La amortajada*, se inclina el rostro de Antonio, su marido, ella lo ve llorar por primera vez pero no atribuye ese llanto al sufrimiento. "Puede que sólo llore fracasos cuyo recuerdo logró durante mucho tiempo aventar y que afluyen ahora inaplazables junto con el primer embate." Y su hija, a quien

> ningún gesto mío consiguió jamás provocar lo que mi muerte logra al fin... una expresión desordenada de dolor como la que te impulsa ahora a sollozar, prendida a mí con fuerza de histérica. Es fría, es dura con su madre, decían todos. Y no, no eras fría; eras joven, joven simplemente. Tu ternura hacia mí era un germen que llevabas dentro y que mi muerte ha forzado y obligado a madurar en una sola noche.

La sabiduría no llega más que con la impasibilidad. Pero no es la muerte la única vía para alcanzarla. Brígida, el personaje principal de *El árbol*, que era tonta, "que no sabía nada, nada, nada, ni siquiera insultar", entiende, gracias a su identificación con un árbol, lo que es la vida que, en el momento del éxtasis,

> parece detenerse, eterna y muy noble... Y había cierta grandeza en aceptarla así, mediocre, como algo definitivo, irremediable. Mientras del fondo de las cosas parecía brotar y subir una melodía de palabras graves y lentas que ella se quedó escuchando: "Siempre". "Nunca".

Siempre. Nunca. Estas dos palabras claves en María Luisa Bombal anulan el tiempo, esa patraña urdida por los hombres para castigar a las mujeres con la vejez y para espantarlas con otra mentira: la muerte. □

SILVINA OCAMPO Y EL "MÁS ACÁ"

Lo MARAVILLOSO y lo terrible no se refugian en lo extraordinario sino que permanecen ocultos en lo inmediato, aguardando una mirada atenta que los descubra, una palabra exacta que los revele, un asombro insobornable que los denuncie. Y el hombre suele estar comprometido en empresas de dominio, en aventuras de descubrimiento, en abstracciones que lo arrebatan —como el carro de fuego de Elías— hacia realidades que son regidas por otros signos: el de la trascendencia, el de la pompa y circunstancia. Realidades regidas por todas esas potestades sublimes a las que Julio Cortázar llama, no sin ironía, "turas".

Queda, pues, lo maravilloso y lo terrible como una posibilidad de exploración de los sedentarios, de los que se atuvieron al consejo agustiniano de retirarse a la interioridad propia, de los que se disponen pasivamente a recibir lo que va a darse.

¿No convienen tales características a la imagen tradicional y convencional de la mujer? Bueno, pues aquí tenemos a una mujer, Silvina Ocampo, que bien puede fungir como el arquetipo de esa actitud. Silvina Ocampo, que no es sólo la hermana de ese mito argentino —Victoria— ni la esposa y colaboradora de Adolfo Bioy Casares ni la amiga intelectual de Jorge Luis Borges sino fundamentalmente la autora de una obra literaria en muchos sentidos excepcional.

A Silvina Ocampo no la ha tentado ni el análisis psicológico ni el cuadro de costumbres, los Scilas y Caribdis en los que generalmente naufragan los libros escritos por mujeres.

Su búsqueda se ha orientado hacia otros rumbos. Es la búsqueda de la aguja en el pajar, esto es, la de lo que estaba escondido bajo un material amorfo al que la pereza de nuestros ojos se niega a dar una estructura, una configuración, un orden. Caos que no se transforma en cosmos más que por el esfuerzo y la perseverancia del artista.

¿Pero cuál es el proceso que nos permite llegar de la búsqueda al hallazgo? ¿Cómo discernir entre lo que estorba y lo que funda? ¿Cómo desechar lo que carece de significado y guardar lo que constituye una clave? Existen ciertos principios, desde luego, porque si no la tarea estaría absolutamente abandonada al azar, al punto de que no valdría la pena siquiera intentarla, por estéril. Pero esos principios ni son explícitos, ni son invariables, ni son rígidos.

Al contrario, y como lo apunta Borges a propósito precisamente de la literatura de Silvina Ocampo:

Las leyes del cielo y del infierno son versátiles. Que vayas de un lugar a otro depende de un ínfimo detalle. Conozco personas que por una llave rota y una jaula de mimbre fueron al infierno y otras que por un papel de diario o una taza de leche, al cielo... Allí están el Cielo y el Infierno, las temibles abstracciones donde los hombres han encarnado una necesidad de retribución, cristalizadas en territorios de pura fantasía, y lo nimio, lo trivial, lo son sólo para una mirada que no advierta cómo a través de ellos se libra un combate incesante. La casuística que gobierna los relatos de Silvina Ocampo no es la minuciosa codificación de pecados y penitencias del catecismo sino una ardua sabiduría. Pero, finalmente, es, como ocasión de literatura, es decir, en un plano puramente estético, donde esos apoyos de una moral o una religión interesan a la autora, no por los valores o el orden que guardan o que confirman sino por la estrategia que instauran, por las posibilidades combinatorias con que su presencia permite complicar las relaciones de los hombres entre

147

sí y con sí mismos... Estimar las ideas religiosas o filosóficas por su valor estético o aun por lo que encierran de singular y de maravilloso es quizá indicio de un escepticismo esencial.

Lo es porque los conceptos de lo bueno y de lo malo no rescatan ninguna realidad esencial, no amparan ninguna encarnación de hechos concretos sino que sirven exclusivamente como función. Parcelan lo indiferenciado, lo dividen, lo acotan. Es más fácil moverse en un mundo así, finito y seccionado, que en otro inconmensurable. La angustia disminuye con la magnitud y con el sentido que pueda conferírsele a los actos. Si coloco el pie derecho sobre la baldosa negra mi paso puede ser gracioso, pero me conduce a la condenación. Colocar el pie derecho sobre la baldosa negra ya no resulta entonces algo mecánico y, en el fondo, absurdo, sino al contrario. Es una decisión esmaltada por un calificativo que la hace resplandecer entre la opacidad de las otras, y, además, está preñada de consecuencias que la elevan por encima de aquellas que se agotan en sí mismas.

Por ejemplo, ¿qué importancia tiene, desde un punto de vista estrictamente laico, que a una mujer, a Camila Ersky para ser más precisos, le gusten los objetos? No es un gusto desorbitado, una pasión devorante y devastadora ni se trata de objetos costosos. No. Ambos —el estado de ánimo del sujeto y el valor del objeto— son mediocres. Es más, su pérdida no la altera más que muy epidérmicamente. Sin embargo, dice la narradora,

sospecho que su conformidad no era un signo de indiferencia y que presentía, con cierto malestar, que los objetos la despojarían un día de algo muy precioso de su juventud. Le agradaban tal vez más a ella que a las personas que lloraban al perderlos.

Pero el agrado es un vocablo muy débil para designar un fenómeno que la Iglesia conoce y describe muy bien y al que da la categoría de pecado mortal: la codicia. Este mecanismo dialéctico de la posesión en el que somos poseídos por lo que poseemos, en el que nos convertimos en aquello de lo que nos adueñamos.

Camila, tan serena en apariencia, se abre para recibir las visitaciones de una pulsera de oro adornada con una rosa de rubí, de una cadena de plata con una medalla de la Virgen de Luján, que vienen bajo la especie de recuerdo, pero que son recibidas con homenaje al rango de persona. Y esta desproporción no tiende a producir un efecto cómico sino a hacernos entrever una presencia demoniaca. Es en estos vacíos que dejaron los tesoros al desaparecer y donde colocamos nuestro corazón, el sitio en el que se aposenta el demonio y la sede en la que opera.

A Camila le ocurre "del modo más natural para ella y más increíble para nosotros, que va recuperando paulatinamente los objetos que tanto tiempo habían morado en su memoria". Y simultáneamente advierte "que la felicidad que había sentido al principio se transformaba en un temor, en una preocupación".

No porque los sucesos le resulten sorprendentes sino porque a cada nuevo encuentro corresponde una disminución del espacio que se le había otorgado para existir, para ser, para alcanzar la plenitud. Cuando ya todo este espacio está invadido por los objetos "que tenían esas horribles caras que se les forman cuando los hemos mirado durante mucho tiempo", Camila entra, por fin, en el infierno.

¿No es una virtud, y de las cardinales, la diligencia? Sí. Pero una virtud, como todo atributo humano, es susceptible de degradación y de extravío. Y cuando una virtud se vuelve loca —decía Chesterton, que se movía como pez en el agua dentro de la ortodoxia—, resulta más funesta que cualquier vicio.

El jardinero, arboricultor, floricultor que renuncia a su nombre aun para ofrecer sus servicios, es apreciado por quienes lo utilizan "porque trata con ternura a las plantas y realmente las quiere como a pequeños hijitos". Sólo que un hijo reproduce la figura del padre y en este caso la filiación, en tanto que es falsa, no cumple con tal requisito. Entonces tiene que ser el padre, el jardinero, arboricultor, floricultor, el que va a aplicarse a imitar las cualidades del hijo con el que mantiene una intimidad que sólo le proporciona el trabajo. Un trabajo que no suspende ni para comer, un trabajo obsesivo que desemboca en una fatiga que hace caer a este hombre al suelo con la inercia de un tronco.

El jardinero sintió su mano abrirse dentro de la tierra bebiendo agua. Subía el agua, lentamente, por su brazo hasta el corazón. Entonces se acostó entre infinitas sábanas de barro. Se sintió crecer con muchas cabelleras y brazos verdes... Soñó con flores rarísimas que no figuran en ningún catálogo pero que algún día aparecerán en la tierra porque todo lo que imaginamos o soñamos existe alguna vez en este mundo.

Lo que Silvina Ocampo nos advierte, al fin de cuentas, es que el abismo no es un paréntesis abierto entre nuestros hábitos cotidianos, un hiato que rompe la continuidad de nuestros días y que nos exalta hasta la apoteosis o nos precipita a la catástrofe, sino que el abismo es el hábito cotidiano. Y que aun lo que está usted haciendo en este momento —leer— no es, pese a la promesa de Valery-Larbaud, un acto impune. □

150

ULALUME Y EL DUENDE

Cuando nos damos cuenta de la existencia nos damos cuenta de su pesadumbre, de su gravedad. El mundo real se nos manifiesta, fundamentalmente, como un obstáculo. Y advertimos que los cuerpos son cuerpos porque son impenetrables.

Entre los muchos modos como el hombre trata de burlar estas leyes, de estar por encima de estas condiciones, tendríamos que mencionar el arte. Que crea volúmenes sin peso, espacios en los que nos deslizamos con un paso de danza, formas que circunscriben —con precisión, con exactitud— el vacío.

Entre las artes, las letras, naturalmente. Y entre las letras, algunas que no se conforman con esa tarea liberadora que es la escritura (que duplica, como en un espejo, lo dado) sino que intentan esa duplicación en otra atmósfera en la que la ironía añade un grado más de libertad a las criaturas que se mueven en ella.

Más allá de la ironía está la gracia, donde todo se produce como por milagro, donde "no se padece fuerza". Es allí donde encontraremos a Ulalume González de León, "este producto elaborado, tan culto y moderno, tan rico de femineidad y tan terso de invención", según las palabras de Ángel Rama, el crítico uruguayo que exalta la transparencia y la levedad de una prosa que mantiene en vilo una serie de relatos que ahora se publican bajo el título de *A cada rato lunes*.

Ulalume tiene (y lo confiesa en el segundo de sus cuentos, "Difícil conquista de Arturo") eso que tanto elogiaba García

151

Lorca por la rareza con que se daba entre escritores y poetas: tiene duende. Ese genio travieso que preside la creación, "invisible y casi ingrávido". Que considera como parte del juego ver la desesperación de quien se asoma al abismo de una página en blanco y que trata de llenarlo con signos, con ecos, con figuras, con fantasmas.

Pero hemos dicho desesperación y es una palabra quizá inadecuada por su exageración. Porque los duendes no juegan nunca con personas absolutamente trágicas, "de esas que aprovechan la más mínima oportunidad para sufrir a fondo y después de grandes aspavientos no escriben más que unas cuantas líneas en verso".

Juegan con gente que no se atrevería a llorar sin establecer inmediatamente el equilibrio de una sonrisa. Con gente que se desgarra las vestiduras y luego corre a encargar un nuevo guardarropa con el diseñador de modas de más prestigio. Con gente que domina los diversos registros de lo patético, pero que se ruboriza de hacerlo. Es tan fácil resbalar a lo ridículo...

Juegan, en suma, con gente como Clara, esa mujer que para escribir dispone de un estudio "integrado a la sala y ésta al comedor y todo el conjunto al jardín como debe ser en la era de las paredes de vidrio y la liberación de los muros". Y que allí se siente expuesta "al continuo bombardeo de la casa viva, animal, llena de dientes que rechinan, uñas que arañan, voces destempladas". Que añora la ascensión a la cumbre silenciosa en la que se gestaría algún precioso manuscrito. Ese manuscrito que ahora se malogra porque no cuenta (como dice Virginia Woolf que no han contado las mujeres a lo largo de la historia literaria) un cuarto propio. El cuarto en el que nacen las obras maestras.

El duende la vigila y sabe que estas divagaciones van a concluir cuando Clara aprenda "a viajar de la casa viva al

152

silencio... sin acostumbrarse jamás ni a la una ni al otro, desesperada siempre". Cuando descubra sola "lo bueno que es estar desesperada y no acostumbrarse".

Es el silencio el que engendra los entes de ficción. Es en el silencio en el que respiran y son.

Fue en el silencio, nos cuenta el duende, que Clara escribió su primer cuento.

[...] había reunido a un grupo de amigos para cenar. Pequeños icebergs tintineaban contra los cristales de las copas, hundidos como de costumbre siete octavos de su volumen sólo que en mares de whisky o de ron. Una amiga de la casa bailó más apretada de lo debido al marido de Clara y ésta se puso trágica —había derretido demasiados icebergs—. Entonces la conduje hasta la ventana que da al jardín y le enseñé el peral en flor: Clara asumió el peral en flor y se sintió poseída por una alegría inexplicable. Cuando terminó la fiesta la llevé al estudio, ya que ella tenía un pretexto para desertar del lecho conyugal, y allí, en el silencio propicio, le hice escribir un cuento... Bueno... era el famoso cuento *Bliss*, que ya escribió Katherine Mansfield sobre otro marido y otro peral, por lo cual decidí que Clara lo rompiera y olvidara. Pero el plagio no estuvo mal como primera lección. Con esta experiencia Clara crió duende.

No hay nada objetable contra el plagio como un principio de aprendizaje literario. Hay en esta actitud demasiado servilismo. Pero no olvidemos que quienes en sus inicios fueron los más serviles son los que se comportan "cuando llegan a su poder y a su trono" como los más soberbios.

Tampoco hay que desdeñar el lugar común como un recurso porque siempre puede ser rehabilitado con un poco de impaciencia.

Pero antes del lenguaje está la memoria. Cierta forma. Cierto modo de la memoria que es absolutamente distinta de la avara memoria del erudito, de la lúcida del científico, de la totalizadora del filósofo. Una memoria que selecciona sus elementos guiada por un instinto oscuro, como lo hacen los pájaros con los materiales con los que van a construir su nido. Una memoria que conserva lo importante pero cuyo criterio de lo importante no es el criterio que se acepta convencionalmente.

Es imposible elegir decirse voy a recordar esto porque va a ser importante y desdeñar en ese día, en ese año, alguna presencia insignificante, un escarabajo con las alas rotas sobre una hoja seca con los bordes enrojecidos que da el clima preciso para que ese día y ese año tengan sentido —aun cuando haya estado lloviendo y lo hayamos pasado por alto porque el escarabajo bastó para que no nos mojara la lluvia—.

Un criterio que no se justifica con argumentos; que no es inflexible ni invariable; que no aspira a la validez universal. Que podría denominarse también capricho sin por eso aludir a él de manera peyorativa. Porque

la cosa es llegar, en un momento dado, a amar entrañablemente un recuerdo, a aceptarlo con todas sus variaciones, sus mentiras, sus omisiones irremediables. Entonces sí podrá decirse que el recuerdo está vivo... es decir, lleno de trampas y sorpresas, de mecanismos aletargados que de repente pueden ponerse en movimiento, de posibles revelaciones, de desilusiones retrospectivas, de lagunas hospitalarias que pueden rellenarse con cualquier mentira —y la mentira es más cierta que las precisiones infames de los asesinos de recuerdos—. Cualquier otro recuerdo está muerto o se puede matar haciendo con él una película o un libro. Hay que recordar a preguntas y hallar toda clase de respuestas.

Así el duende alecciona a Clara: "practicarás una vez más tu ejercicio de olvido, sustituyendo cosas por ecos de las cosas, más vivos que las cosas mismas". Más vivos y, ay, más ligeros, más frágiles, más dotados de agilidad. Tanto que cuando se quiere asirlos con las manos se escapan y cuando se les busca se esconden y cuando se pretende trazarles una trayectoria se burlan y la burlan. "¿Acaso se escribe un cuento sabiendo de antemano cómo va a terminar?"

El duende no firma contratos especificando temas, caracteres, técnicas. Eso ya es problema del oficio del escritor. El duende se limita a suscitar una inquietud, a ofrecer

> fragmentos desprendidos de todo contexto, islas todavía indecisas entre la imagen y el signo que proponen reanudar el juego favorito, averiguar si son principio o fin o puente o si desertarán la fábula que hicieron nacer (en dos sentidos brillando por su ausencia) o la integrarán con anonimato de pieza minúscula del *puzzle*.

El descubrimiento del orden resulta aquí no la consecuencia de un proyecto larga y minuciosamente elaborado sino la sorpresa de un obsequio del azar. El orden del cuento hubiera permanecido oculto si el duende no hubiese hecho un guiño para señalarlo y si el escritor hubiera elegido vivir en vez de contar.

Ulalume prefirió (lo mismo que el Antoine Roquentin de Sartre) contar. Y gracias a eso tenemos, ante este volumen de relatos, la impresión de que estamos presenciando una vida que surge inagotablemente ante nosotros; que se tornasola y cambia; que se despliega con una suntuosidad *fabulosa*. Y que es delicada y dúctil, imprevisible porque está hecha de la materia de los sueños. ☐

LA MUJER MEXICANA DEL SIGLO XIX

La galería de retratos femeninos no es muy abundante, muy variada ni muy profunda si nos atenemos a los textos literarios escritos en México. La mayor parte de las veces se limita a servir como telón de fondo para que resalte la figura principal: el caudillo, el hombre de acción, el que ejecuta las empresas, el que lleva al cabo los proyectos, el que urde las intrigas, el que sueña con un porvenir mejor, el que fracasa, el que padece. Y en un telón de fondo bastan unas cuantas líneas para trazar un esquema, un estereotipo: la madre, con su capacidad inagotable de sacrificio; la esposa, sólida, inamovible, leal; la novia, casta; la prostituta, avergonzada de su condición y dispuesta a las mayores humillaciones con tal de redimirse; la "otra", que alternativamente se entrega al orgullo y al remordimiento de haber cedido a los meros impulsos del amor sin respetar las exigencias de la sociedad; la soldadera, bragada; la suegra, entremetida; la solterona, amarga; la criada, chismosa; la india, tímida.

¿Somos así? Debemos de ser así puesto que ésta es la imagen que proyectamos. Sólo que en esta imagen echamos de menos los matices, la elaboración un poco más cuidadosa y detenida de los elementos, el análisis psicológico. Nuestra búsqueda en libros escritos por mujeres no nos sacia del todo. Hay más detalles, es cierto. Pero están tan teñidos de narcisismo, de autocomplacencia, que es imposible tomarlos sin el grano de sal de la ironía, de la desconfianza.

Es lícito, entonces, recurrir a otras fuentes, a otros testimonios. Y si no son contemporáneos, mejor. Porque en el pasado se hunden y se alimentan nuestras raíces. Porque muchos de nuestros actos, muchas de nuestras costumbres sólo se explican cuando recordamos.

Y aquí tenemos una hábil "partera de almas": la marquesa Calderón de la Barca, quien agrega a su formación cultural un espíritu curioso, inquisitivo, alerta; un don de simpatía insaciable y una capacidad de observación que acierta a discernir muy bien entre lo deleznable y lo significativo.

La marquesa Calderón de la Barca, es innecesario repetirlo, fue la esposa del primer embajador de España en el México independiente y con esta calidad diplomática permaneció entre nosotros dos años (de 1839 a 1841), tiempo suficiente para adentrarse en nuestros modos de ser y de expresarnos, de vivir y de convivir, de empezar a mostrar los primeros rasgos de una fisonomía propia que no hará más que acentuarse con el tiempo y desbastarse con la historia.

A la atención de la marquesa no se le escapa nada: ni las peculiaridades del clima, ni las características del paisaje, ni el colorido del vestuario, ni los usos de una sociedad que había trasplantado modos europeos pero adaptándolos a las propias necesidades, a las propias exigencias.

Es natural que la marquesa, que se encontraba en una posición privilegiada por el rango de su marido y por su tradición sajona, estableciera comparaciones entre lo que ella como mujer estaba habituada a practicar como norma de conducta, y las normas de conducta que encuentra vigentes en el país en el que se encuentra en las representantes de su propio sexo.

Lo primero que le salta a la vista es la apariencia. ¿Es bella? A primera vista no. La mujer mexicana carece del brillante cutis y la esbelta figura de las inglesas; de las facciones finamente cinceladas de las españolas; del donaire y la gracia de las francesas. Pero gradualmente se revela que

157

la belleza de las mujeres de aquí consiste en los soberbios ojos negros, en el hermoso cabello oscuro, en la hermosura de brazos y manos y en su pequeño y bien formado pie. Y sus defectos: de que con demasiada frecuencia son de corta estatura y demasiado gordas, de que sus dientes suelen ser malos y el color de su tez no es el olivo pálido de las españolas, ni el moreno brillante de las italianas sino un amarillo bilioso. Porfían en introducir el pie en un zapato media pulgada más corto y arruinan el pie, destruyen su gracia al andar y, en consecuencia, el de sus movimientos.

Es por ello por lo que la marquesa las prefiere sedentes, aunque se lamenta de su falta de afición al *footing*, que ayuda tanto a mantener en forma a sus compatriotas.

Nada más agradable que caminar por la Alameda, que es tan hermosa y en donde se disfruta de una agradable sombra, y sin embargo, me he paseado por ella con frecuencia en las mañanas y sólo he encontrado a tres señoras y aun dos de ellas eran extranjeras. Después de todo, cada cual tiene sus pies; pero nada más las señoras tienen coches y es quizás esta mezcla de aristocracia e indolencia la que no permite a las doñas mexicanas profanar las suelas de sus zapatos con el contacto con la madre tierra.

Aristocracia e indolencia, ¿no han sido sinónimos entre nosotros? A tal punto que altera el orden de los factores de la cortesía. La señora es importante y por ello se cuidan sus comodidades. Pero el señor lo es aún más y eso tiene que evidenciarse en todas las formas posibles. Por ejemplo:

aquí los hombres pueden sentarse en sillas o en bancas en la iglesia, pero las mujeres deben permanecer arrodilladas o sentadas en el piso. ¿Por qué? "Quién sabe." Es todo lo que he podido sacar en limpio de esta cuestión.

Pero quizá este fenómeno puede relacionarse con otros que se describen en las páginas siguientes, cuando la marquesa encuentra que la coquetería femenina no se aplica a ocultar los estragos del tiempo ni a hacer productivo

ese afán de contraer matrimonio que se observa en otros países... No he visto nunca que las madres o las hijas les hagan la corte a los jóvenes; ni hay tampoco mamás casamenteras o hijas que anden a la busca de sus propios intereses. Lo cierto es que la juventud dispone de tan pocas oportunidades de reunirse, que los matrimonios deben de concertarse en el cielo, porque no veo la manera de que se lleven a cabo en la tierra. Cuando los jóvenes se encuentran con las señoritas de la sociedad parecen ser muy galantes, pero al mismo tiempo se les ve como temerosos de ellas... En cuanto al *flirt*, no se conoce aquí ni la cosa ni el nombre.

En cambio, ¡con cuánto entusiasmo toman las muchachas el velo de monjas! He aquí cómo se desarrolla la brillante ceremonia: la futura esposa de Cristo

iba vestida de raso azul pálido con diamantes, perlas y una corona de flores. Se sofocaba, literalmente, entre blondas y joyas, y su cara arrebolada era el resultado de un día pasado en despedirse de sus amigos en una fiesta que ellos le dieron y del paseo que después, según la costumbre, le hicieron dar por la ciudad, cubierta de todo su fausto. Su madrina estaba sentada a su lado, también vestida de raso blanco y cuajada de joyas, y sus parientes se veían asimismo muy bien puestos... Dejó oír el órgano las patéticas voces de las contras al entonar un solemne himno; tocó luego la orquesta una música alegre; afuera atronaban los cohetes, mientras entraban a la iglesia la madrina y su cortejo y se arrodillaban frente al balaustre que mira a la reja del convento... De pronto descorrieron la cortina... Al lado del altar, que era una ascua de luz, las manchas de oro y carmesí de los tapices;

las paredes, los sillones antiguos, la mesa ante la cual se sentaron los sacerdotes, todo lo cubrían paños espléndidos. El obispo llevaba una riquísima mitra y ornamentos de rojo y oro y sus asistentes asimismo iban cuajados de bordados de oro... De súbito, cayó la cortina como un paño de luto, y brotaron lágrimas y prorrumpieron en sollozos los deudos... Trajeron un vaso de agua a la pobre madre... Para mí, me dijo, esto es peor que un casamiento. Hice patente mi horror por el sacrificio de una muchacha tan joven que posiblemente no podía aún discernir cuál era su verdadera voluntad... aunque las más de las muchachas que conversaban en corrillos parecían inclinadas a envidiar a su amiga que se había visto tan bonita y graciosa y tan "feliz" y cuyo vestido "le quedaba tan bien", con lo que no veían en ello nada que pudiese impedirles mañana hacer exactamente lo mismo.

Y es obvio que hay una relación de causa y efecto entre estas opciones y la ignorancia del mundo que está férreamente resguardada por una ignorancia general.

Hablando en términos generales he de deciros que las señoras y señoritas mexicanas escriben, leen y tocan un poco, cosen y cuidan de sus casas y de sus hijos. Cuando digo que leen quiero decir que saben leer; cuando digo que escriben no quiero decir que lo hagan siempre con buena ortografía, y cuando digo que tocan no afirmo que posean en su mayoría conocimientos musicales... Pero si las muchachas mexicanas son ignorantes, muy rara vez se les echa de ver. Poseen un tacto sorprendente y nunca corren el riesgo de salirse de su medio.

Monjas devotas, amas de casa impecables, hijas, esposas y madres dóciles. La otra cara de la moneda la ve la marquesa Calderón de la Barca en los manicomios y en las cárceles. Allí la mayor parte de los casos son de locura amorosa y de asesinato del cónyuge. ¡Lástima que, para completar el cuadro, no hubiera hecho una visita a los burdeles! □

MARÍA LUISA MENDOZA:
EL LENGUAJE COMO INSTRUMENTO

La aparición de la primera novela de María Luisa Mendoza —*Con Él, conmigo, con nosotros tres*— constituye una hermosa lección, en los dos sentidos del término. En el de un ejemplo fehaciente para todos aquellos que piensan que la literatura es una hipótesis de trabajo y no una praxis cotidiana; para los que rumian interminablemente en una tertulia de café las metas que habrá de alcanzar su obra maestra, que está madurando en una especie de *Topos Uranos* en el que los proyectos, las ideas, los planes no se encuentran con el obstáculo de la forma de expresión que habrán de adquirir y que los habrá de modificar. Y que cuando al fin deciden llevar al cabo sus propósitos, descubren que son irrealizables porque carecen del más elemental de los hábitos de convertir en palabra escrita la palabra pensada y aun la palabra hablada, que son tres entidades absolutamente diferentes entre sí, muchas veces opuestas y exclusivas, que se rigen —cada una— según sus propias leyes y de acuerdo con sus propias normas.

La literatura, como el movimiento, se demuestra andando y, como el camino, se hace caminando. Lo demás es elucubración, promesa, posibilidad; pero mientras no alcance la categoría de hecho consumado no podrá predicarse nada sobre ella y menos aún sobre un autor que no ha dejado de estar en cierne.

¿Por qué estas postergaciones que en ocasiones llegan a ser, como dijo Borges, infinitas? Porque se quiere alcanzar el cielo con la mano sin haber sufrido ninguno de los ritos de iniciación previos. La obra maestra, desde luego, no es previsible ni recetable. Puede surgir —y algunas veces ha surgido— de un chispazo instantáneo del genio. Pero recordemos que aun el mismo Goethe, que sabía de lo que hablaba, llegó a definir al genio como una larga paciencia.

Pero desde luego no una paciencia inerte sino activa. Que no se limita a aguardar la aparición de la musa y a recibir sus dictados sino que propicia este momento, y en el momento en que se produce se encuentra en aptitud para aprovecharlo. Porque el Espíritu, según rezan las Escrituras, tiene prisa y apenas sopla y ya ha desaparecido y ya no vale interrogarlo ni insistir porque la respuesta la dará la falsa boca de un oráculo falso.

Y a pesar de lo que se insista en la absoluta falta de nexos entre el terreno estético y el ético (tanto desde el punto de vista de los resultados como desde el punto de vista de los orígenes de ambas manifestaciones de la cultura), es necesario apuntar que si no se reconoce ni se practica la virtud de la humildad, no se inicia obra alguna.

Porque ser humilde es aceptar la prioridad del objeto estético por encima del sujeto creador. Que se somete así a las exigencias múltiples de ese objeto: trabajo, constancia, lucidez para advertir los errores, prontitud para rectificarlos. Y, fundamentalmente, tiempo, esa materia de que estamos hechos.

Tiempo que podía haberse empleado en una diversión y se dedica a corregir una página; tiempo que se roba al sueño porque es en esa hora precisamente, y en ninguna otra, cuando las palabras parecen dóciles y manejables y cuando acuden a nuestro llamado y cuando representan con exactitud y fidelidad a la cosa a la que pretendíamos mentar; tiempo que se sustrae a la divagación para concentrarlo en una imagen que aspira a la fijación.

162

Tiempo. No sabemos en cuantos meses o años redactó María Luisa Mendoza su primera novela con la que entra en el círculo de nuestra narrativa contemporánea "a la española, pisando fuerte", como se dice en el verso de Octavio Paz. Pero sí podemos asegurar que ya estaba presente, como mera posibilidad, en sus más remotos e incipientes artículos periodísticos en los que fue plasmando, poco a poco, un estilo. Tan peculiar, tan propio de ella, que aunque apareciera sin firma se reconocería. Por el uso novedoso de los vocablos, por el alzamiento de hombros ante las reglas, inexorables todas y obsoletas muchas, de la Academia; por el aura de intimidad que baña cada párrafo; porque no hay una sola frase que produzca en el lector la idea de haber sido redactada ni para salir del paso ni para hacer gala del dominio de la retórica, sino que es el producto de una experiencia entrañablemente vivida y que ahora que llega al umbral del lenguaje y lo traspasa adquiere sentido y significado.

María Luisa Mendoza es dueña de un estilo (que es precisamente todo lo contrario de lo que le ocurre a un estilista a quien un estilo se adueña de él). Hace lo que sabe de la manera que se le da su real gana, pero no sólo para demostrar su dominio y su poderío sino para transmitir sus sentimientos, sus consideraciones sobre ciertos aspectos de las ocurrencias cotidianas y, ahora que accede al terreno de la novela, para decirnos cuál es su concepción del mundo.

En el texto al que estamos refiriéndonos, María Luisa Mendoza —que quiere llamarlo cronovela— hace que se crucen dos planos temporales: un presente angustioso, una noche de muerte, de sangre y pesadilla y un pasado que comparece como una galería de retratos.

Desde luego, éste es un recurso que sirve para ampliar el horizonte situacional de los personajes, pero que, sobre todo, ayuda a comprenderlos gracias a sus antecedentes, gracias a las condiciones previas en las que tuvieron su origen y su desarrollo.

Si algo nos ha faltado siempre (y María Luisa Mendoza remedia a su modo tal carencia en su libro) es sentido de la historia. Los acontecimientos de Tlatelolco nos llenaron de un estupor indescriptible porque no recordábamos otros acontecimientos similares y próximos, porque no establecíamos relaciones entre lo actual y lo más o menos reciente sino que nos remontábamos a lo que éramos incapaces de rememorar con precisión y entonces se nos aparecía bajo el revestimiento del mito.

Así, los personajes de María Luisa Mendoza (perfectamente caracterizados e individualizados *en tanto que retratos,* es decir, en tanto que figuras, y como si ella también suscribiera la aserción de Robbe-Grillet que dice que el universo es superficie) son personajes que se incorporan a la corriente de la historia y de algún modo la encarnan y la simbolizan.

Son personajes paradigmáticos y tanto más trascienden sus limitaciones de lugar, de época, de circunstancia cuanto con mayor acuciosidad se describen esas limitaciones de lugar, de época y de circunstancia. Concretos, de carne y hueso, atrapados en su infancia, en su frigidez, en su ataque epiléptico, *son* ese gran coro anónimo que ha llevado al cabo nuestras gestas, que ha cambiado el rumbo de lo que no era nuestro destino porque era nuestra libertad.

Y ella, la narradora, acoge esa gran invasión de vidas que carecieron de la más mínima pretensión de grandeza, de sabiduría, de heroísmo y que se conformaron con resolver los pequeños problemas cotidianos: pagar al acreedor, soportar las intemperancias del marido, cumplir con las exigencias eclesiásticas, recomponer la ropa desordenada por la pasión o por la enfermedad y poner cara de circunstancias a las circunstancias, con un gran respeto.

164

La narradora tampoco pretende añadir un codo a la estatura de sus personajes. Son del tamaño que son y éste es su mérito. El de ella es no alterar ese tamaño ni disminuyéndolo con la ironía ni disimulándolo con los adjetivos grandilocuentes.

Y poco a poco la narradora, que también representa uno de los momentos de transición y de cambio de conciencia y de conducta más importantes de nuestros últimos años, se va convirtiendo en la misma sustancia con la que trabaja: en memoria de sí misma, en temporalidad ordenada y definida, en lenguaje. Es así como se incorpora a la galería de retratos y encuentra su sitio entre ellos y deja de ser la soledad estéril que aparece al principio para integrarse a un núcleo humano que, a su vez, se integra a otro núcleo humano más vasto hasta que se adquiere la perspectiva de una nación en cuyo pulso late la historia toda de la humanidad.

Al lector también le ocurre un fenómeno semejante. Era —antes de la lectura— o se consideraba una mónada. Pero se puso a platicar tan en confianza con los protagonistas de *Con Él, conmigo, con nosotros tres,* se enteró de detalles tan secretos y le fueron revelados de una manera tan directa y tan casual que no tuvo más remedio que sentirse, primero, un poco el cómplice de los otros, y luego su compañero, su amigo, su igual. □

EL NIÑO Y LA MUERTE

NADIE va a descubrir el Mediterráneo cuando afirme que una de las características que mejor definen al mexicano es su concepción de la muerte y el trato que le dispensa. "Nos enamora con su ojo lánguido", afirma José Gorostiza en ese poema suyo que desmiente su propio nombre porque es el monumento a la inmortalidad. Y Octavio Paz añade que

la muerte es un espejo que refleja las vanas gesticulaciones de la vida. Toda esa abigarrada confusión de actos, omisiones, arrepentimientos y tentativas —obras y sobras— que es cada vida, encuentra en la muerte, ya que no sentido o explicación, fin. Frente a ella nuestra vida se dibuja e inmoviliza. Antes de desmoronarse y hundirse en la nada se esculpe y vuelve forma inmutable: ya no cambiaremos sino para desaparecer. Nuestra muerte ilumina nuestra vida... Por otra parte, la muerte nos venga de la vida, la desnuda de todas sus vanidades y pretensiones y la convierte en lo que es: unos huesos mondos y una mueca espantable. En un mundo cerrado y sin salida, en donde todo es muerte, lo único valioso es la muerte. Pero afirmamos algo negativo. Calaveras de azúcar o de papel de China, esqueletos coloridos de fuegos de artificio, nuestras representaciones populares son siempre burla de la vida, afirmación de la nadería e insignificancia de la humana existencia. Adornamos nuestras casas con cráneos, comemos el día de los difuntos panes que fingen huesos y nos divierten canciones y chascarrillos en los que ríe la muerte pelona, pero toda esa fanfarrona familiaridad no nos dispensa de la pregunta que todos nos hacemos: ¿qué es la muerte? No hemos inventado una nueva respuesta. Y cada

166

vez que nos la preguntamos, nos encogemos de hombros: ¿qué me importa la muerte si no me importa la vida?

Pero esta familiaridad, que es la engendradora del desprecio según la observación de Shakespeare, no surge entre nosotros de una manera espontánea sino que es producto de una larga y paciente preparación en la mentalidad del niño y del adolescente que desemboca en las formas de conducta del adulto.

Al niño mexicano se le arrulla, desde la cuna, no con canciones en las que hacen actos de presencia las hadas, los gnomos y esos otros seres imaginarios, cuando no benéficos al menos inofensivos, que pueblan el folklore de tantos otros países, sino que se le hace pensar (¿pensar ya, tan pronto, cuando está tan desprovisto aún de los instrumentos de la reflexión? Quizá hemos hecho uso de una palabra demasiado presuntuosa y haya que buscar otra más exacta: percibir), se le hace percibir que existe una realidad, muy concreta, muy inmediata, muy inminente:

> Duérmase, niño,
> que ahí viene el viejo,
> le come la carne,
> le deja el pellejo,
> su mamá la rata,
> su papá el conejo.

Todo así, en el alrededor del niño, se vuelve cómplice de la gran portadora de la destrucción. El viejo, que podía haber sido el abuelo que se hacía de la vista gorda ante las travesuras, que se interponía frente a los castigos, que estimulaba los juegos, se ha convertido en un devorador, emparentado —además— con otras criaturas, habitantes de los rincones de la casa o de la amplitud del patio, criaturas a las que alguna vez se acarició:

167

Cuchito, Cuchito
mató a su mujer
con un cuchillito
del tamaño de él.
Le sacó las tripas
y las fue a vender.
—¡Mercarán tripitas
de mala mujer!

¿Qué es lo que duerme al niño? ¿El ritmo, la repetición hipnótica, la melodiosa voz de la que canta? No. El miedo, la necesidad de escapar de la amenaza entrando en el ámbito de otro mundo en el que tampoco se está a salvo porque en el sueño aparecen las figuras de cuerpos destrozados, de entrañas rotas.

Hay otra posibilidad de evasión: ese momento en que el ser humano se emancipa de las leyes de la naturaleza, de las imposiciones del mundo exterior y aun de sí mismo. Ese momento es el juego.

Pero el niño mexicano, cuando juega, tiene entre sus compañeros la muerte, no como una invocación, no como una evocación, sino como un compañero más, como un protagonista activo:

Naranja dulce,
limón celeste,
dile a María
que no se acueste.
María, María
ya se acostó,
vino la muerte
y se la llevó.

Así ocurren las cosas: intempestiva y fácilmente. Basta con no haber cumplido con una condición (y ¿qué condición parece ser más insignificante que la de no acostarse?) para que la fatalidad se cumpla. Y puesto que es una fatalidad y no hay manera alguna de conjurarla, sólo queda elegir el *modus operandi* de la muerte:

> Una pulga se pasea
> de la sala al comedor.
> —No me mates con cuchillo,
> mátame con tenedor.

Y puesto que es una fatalidad, de nada vale rasgarse las vestiduras ni cubrirse con cenizas la cabeza. ¿Por qué no, entonces, reírse de la muerte? Porque, además, reírse de algo es la forma simbólica de colocarse fuera del alcance de ese algo.

> A don Crispín,
> piririn, piririn,
> se le murió,
> pororón, pororón,
> su chiquitín,
> piririn, piririn,
> de sarampión,
> pororón, pororón.
> Y don Crispín,
> piririn, piririn,
> se lo llevó,
> pororón, pororón,
> en un patín,
> piririn, piririn,
> hasta el panteón.

Aquí todavía se trata de una anécdota. Morir ya no es un acontecimiento trágico, ni siquiera grave, sino algo intrascendente y, hasta cierto punto, cómico. Pero aún se puede ir más adelante y contemplar a la muerte cara a cara y descubrir que su visión no produce espanto sino que es motivo de risa:

169

Estaba la muerte un día
sentada en un arenal
comiendo tortilla fría
pa'ver si podía engordar.
Estaba la muerte seca
sentada en un muladar,
comiendo tortilla dura
pa'ver si podía engordar.

Flaca, ridícula, impotente aun en relación consigo misma,
la muerte pierde uno de sus caracteres que la ayudaban a ser
temible: esa totalidad de la nada que se condensaba en las
seis letras de su nombre para convertirse en un fragmento al
que es posible aproximarse no porque nos obligue, recurriendo a la fascinación del aniquilamiento, sino porque nos invita convidándonos a compartir lo que posee:

Estaba la media muerte
sentada en un tecomate,
diciéndole a los muchachos:
—¡vengan, beban chocolate!

El muchacho que bebe chocolate con esta anfitriona ya es
un iniciado, un mexicano que algún día le dirá, como al des-
gaire, con ese desdén mezclado de ternura que constituye el
núcleo de su trato: "anda, putilla del rubor helado / anda,
vámonos al diablo".

Y se irán, recordando los arrullos, las rondas, los juegos
infantiles, las adivinanzas que ha recogido Patricia Martel
Díaz Cortés en una tesis para la licenciatura en letras. Una
tesis que exige, para su complemento y plenitud, la insistencia en la investigación de nuevos materiales y el rigor para la
interpretación de los posibles sentidos y significados.   □

NOTAS AL MARGEN: EL LENGUAJE
COMO INSTRUMENTO DE DOMINIO

CUANDO el hispanismo trata de justificar la conquista de América (como si a un hecho histórico no le bastara con haber sido necesario o simplemente con *haber sido*) nos recuerda, entre sus aspectos positivos, que la llegada de los descubridores a nuestro continente redujo la diversidad de los dialectos de las tribus precolombinas a la unidad del idioma castellano.

Pero el hispanismo no se detiene a especificar cuántos y quiénes fueron los beneficiarios del don que nos vino "de la mar salobre" y qué uso hicieron de él, cómo lo aplicaron, a qué objetos, con qué intenciones, con cuáles resultados.

Y después de esto aún habría que discernir entre el valor del castellano en zonas densamente pobladas de indígenas, con una tradición cultural propia y aún vigente, y el sentido del castellano en lugares en los que la naturaleza aún no había cedido su turno a la historia.

En el primer caso podríamos decir que el lenguaje —como la religión, como la raza— constituye un privilegio que, paradójicamente (o al menos en apariencia), tiende a dejar de serlo al divulgarse, al comunicarse, al extenderse.

Los esfuerzos de los frailes misioneros para incorporar a las grandes masas de la población autóctona a la cultura europea son memorables, entre otras cosas, por su ineficacia. Pasado el primer ímpetu apostólico, las cosas, que habían ido colocándose en la jerarquía debida, tendieron a hacerla perseverar: el indio en la sumisión, el mestizo en la tierra de nadie del conflicto, el criollo en el ocio, el peninsular en el poder.

171

Lo importante entonces era ostentar signos de distinción que evidenciaran, a primera vista y a los ojos de cualquier extraño, el rango que se ocupaba en la sociedad. El color de la piel decía mucho, pero no todo; había que añadir la pureza y la antigüedad de la fe y algo más: la propiedad de los medios orales de expresión.

La propiedad quizá se entendió, en un principio, como corrección lingüística, pero muy pronto este concepto fue cambiado por el de la posesión; este corsé cayó en desuso para dejar paso libre a la abundancia. Hablar era una ocasión para exhibir los tesoros de los que se era propietario, para hacer ostentación del lujo, para suscitar envidia, aplauso, deseo de competir y de emular.

Pero se hablaba ¿a quién? ¿O con quién? Se hablaba al siervo para dictarle una orden que al ser mal comprendida era peor ejecutada, con lo que se daba pábulo al desprecio; al neófito para predicar un dogma que no solicitaba su comprensión sino su total aquiescencia; al vasallo para que obedeciera una ley que no por ser impenetrable dejara de ser obligatoria; al público que asistía a los espectáculos en los que se dirimían asuntos de honor, tiquis miquis amorosos, problemas doctrinales y que agradecía ese momento de éxtasis, aunque salir de sí mismo no implicara, de ninguna manera, entrar en otro nivel de realidad de ningún tipo. Extasiarse era simplemente ausentarse. No estar acosado en la pista de la fuerza, perseguido en el coto del terror, sujeto en el feudo del castigo.

A esos largos, floridos, enfáticos monólogos correspondía (no respondía nunca, no podía responder) esa larga costumbre de callar que, según Larra, entorpece la lengua. Y el indio la tenía torpe, ya de por sí, por su ignorancia. Y el mestizo por su timidez.

Los que hablaban, hablaban *con* sus iguales. El ocio rega-

172

laba al criollo la oportunidad de refinarse, de pulirse, de embellecerse con todas las galas que proporciona la riqueza y las que procura el ingenio.

La gala del idioma. Ágiles torneos de vocablos, esgrima verbal. Se practica el virtuosismo, y para mostrar la multiplicidad de los recursos se multiplican las dificultades a vencer. La frase se alambica, se quiebra de sutil. Es el apogeo del barroco.

La palabra aquí no es ni el instrumento de la inteligencia ni el depósito de la memoria sino la "fermosa cobertura" con que se apacigua el horror al vacío, el talismán con el que se conjura la angustia. Por eso la palabra va a traspasar las puertas de los estrados de las damas para ir a los calabozos en los que *El señor presidente* encierra a sus enemigos.

"¡Hablen, sigan hablando, no se callen, por lo que más quieran en el mundo, que el silencio me da miedo, tengo miedo, se me figura que una mano alargada en la sombra va a cogernos del cuello para estrangularnos!"

La mano que se alarga con el propósito de estrangular no precisa de la complicidad de la tiniebla. Opera a plena luz y se llama de muchos modos: Opresión, Miseria, Injusticia, Dependencia.

Se llama, no la llaman. Los parlanchines están demasiado absortos en el juego de palabras que, para que no se las lleve el viento, se clavan, como a las mariposas, con el alfiler de la escritura. Helos aquí, amanuenses atareados en el menester de construir un soneto que sea legible de arriba para abajo y viceversa, de izquierda a derecha y al revés; un acróstico acrobático; una silva en que la selva se petrifique en mármoles helénicos. No importa que la selva estalle y la piedra se pudra. La palabra no ha sido vulnerada porque estaba aparte y más allá de la piedra y de la selva. Se desgranaba eternamente en el reino de los sonidos puros.

173

Y mientras tanto este mundo, que no acaba nunca de ser descubierto, aguarda su bautismo. A las cosas, como cuenta García Márquez que acontecía en Macondo, se les señala con el dedo, no con el nombre que las define, las ilumina, las sitúa.

Los usufructuarios del lenguaje lo malversaron durante tres, cuatro siglos, lo despilfarraron. No vale apelar al juicio de residencia porque el caudal, ese caudal, es irrecuperable.

Hay que crear otro lenguaje, hay que partir desde otro punto, buscar la perla dentro de cada concha, la almendra en el interior de la corteza. Porque la concha guarda otro tesoro, porque la corteza alberga otra sustancia. Porque la palabra es la encarnación de la verdad, porque el lenguaje tiene significado.

Ante este hecho, ¿qué importa que las princesas estén tristes? El hada Armonía ha cesado en sus funciones de engañar bobos, de "arrullar penas y mecer congojas".

Ahora la palabra anda de boca en boca, de mano en mano como una moneda que sirve para cambiar ideas, para trocar opiniones, para comprar voluntades.

Pero lo mismo que pasa con las monedas, que a fuerza de uso se desgastan y pierden la nitidez del perfil que les da valor, las palabras van tornándose equívocas, multívocas. Manoseadas, escupidas, tienen que someterse a un baño de pureza para recuperar su pristinidad.

Y esa pristinidad consiste en la exactitud. La palabra es la flecha que da en "su" blanco. Sustituirla por otra es traicionar a la cosa que aspiraba a ser representada plena y fielmente, con nitidez, con precisión y no a que se le esbozara a grandes rasgos confusos, con la brocha gorda del pintor de burlas.

La palabra, que es única, es, al mismo tiempo y por eso mismo, gregaria. Al surgir convoca la presencia de todas las otras que le son afines, con las que la atan lazos de sangre, asociaciones lícitas, y constituye familias, constelaciones, estructuras.

Pueden ser complejas, pueden regirse por un orden que produzca placer en el contemplador. Lo que ya no les está permitido volver a ser nunca es gratuitas. Las palabras han sido dotadas de sentido y el que las maneja profesionalmente no está facultado para despojarlas de ese sentido sino al contrario, comprometido a evidenciarlo, a hacerlo patente en cada instante, en cada instancia.

El sentido de la palabra es su destinatario: el otro que escucha, que entiende y que, cuando responde, convierte a su interlocutor en el que escucha y el que entiende, estableciendo así la relación del diálogo que sólo es posible entre quienes se consideran y se tratan como iguales y que sólo es fructífero entre quienes se quieren libres. ☐

NOTAS AL MARGEN:
NUNCA EN PANTUFLAS

Para pensar, aconsejaba un pensador (tan importante que ha llegado a ser, al menos para mí en este momento, anónimo), es necesario tener los pies calientes y la cabeza fría.

Este hombre ha de haber pertenecido a la tradición sajona, porque los rigores del clima lo confinaron al ámbito doméstico, a ese *interior* que los pintores flamencos reprodujeron hasta en sus más nimios detalles, en los cuales se observa el genio de la invención aplicado a descubrir o a perfeccionar los objetos que se crean para hacer la vida cómoda y agradable.

He aquí al filósofo sentado al amor de la lumbre y teniendo al alcance de la mano una bebida reconfortante. Es, simultáneamente, un protagonista y un testigo del triunfo del hombre sobre las fuerzas de la naturaleza, y la conciencia de ese triunfo lo inclinará a adoptar una actitud optimista o, por lo menos, la actitud de quien conserva el ánimo sereno, la distancia que confiere el señorío, que permite una indulgente sonrisa ante las extravagancias de los hombres, esas criaturas pensables, imaginables, soñables, evocables y quizá, quizá existentes. Aunque su existencia sea tan fácil de confundir con las fantasmagorías que propone la niebla cuando hace y deshace sus figuras del otro lado del cristal que protege de la intemperie.

Pero nosotros somos los herederos de la tradición latina mediterránea, en que el sol penetra hasta los más íntimos resquicios de las cosas y los revela y donde la brisa marina refresca la atmósfera y la tiempla convidándonos a permanecer afuera, a dialogar, a extrovertirnos.

Sócrates, pata de perro, huye no sólo de una Xantipa gruñona sino también de una casa mal ventilada en la que parlotean los esclavos, ladran los perros, gritan y alborotan los niños. Y se convierte en lo que todos sabemos: en candil de la calle.

El espacio abierto del ágora exige, a los que participan en la polémica, la impostación de la voz. Y tener frente a sí a un antagonista y en torno de sí a un auditorio inclina al pensador, más que a la reflexión por la reflexión misma, a la oratoria eficaz. Ya no se trata exclusivamente de encontrar la verdad o de demostrarla sino de convencer al adversario y al público. Y para convencer se recurre a los argumentos, en el plano intelectual. Pero hay otro plano en el cual el convencimiento se da como si se tratara de un fenómeno de contagio. De un cuerpo a otro se transmite el entusiasmo, la cólera, el desprecio, la adhesión, el rechazo. La filosofía se ha vuelto un acto político y el filósofo no desdeña los instrumentos del histrión, los métodos del retórico, las habilidades del sofista. El *pathos* sustituye a las abstracciones, y la multitud —juez— exalta y aniquila a quien sabe halagar sus pasiones y a quien no acierta a conservar sus caprichosos favores.

El intelectual, convertido en espectáculo a los ojos del mundo, se calza el coturno de la tragedia para elevarse a la altura de su destino. Y puesto que se juega cotidianamente la vida, y cuando no la vida, algo que muchas veces es más importante para él: la popularidad, el éxito, no le queda otra alternativa más que la de asumir su profesión como una hazaña heroica. Los abundantes pliegues de la túnica prestan dignidad a los gestos; se enmascara detrás de los mitos para magnificar su imagen, y cuando pronuncia una frase emerge desde las profundidades desde donde las profiere el oráculo.

Frase oscura, sublime, que clama por la exégesis. Porque el primero que no la ha entendido es el que la ha pronunciado. Ya no es un filósofo, es un médium, un inspirado, un vate, un poeta.

Un poeta que cree no en el rendimiento del trabajo, ni en la utilidad del esfuerzo, ni mucho menos en la comodidad de la bata y las pantuflas de entrecasa sino en los momentos privilegiados, en el rapto lírico y en el corsé de las ocasiones solemnes. Como el momento privilegiado es fugaz, muchas veces inaprehensible y escapa siempre a las previsiones; como el rapto lírico no se produce con la frecuencia deseada o simplemente deja de producirse; como el corsé aprieta y asfixia al escritor, el escritor se torna iracundo, melancólico, desdeñoso. Condena el placer que no acierta a experimentar, predica las mortificaciones que padece, recuerda la culpa como si la hubiera cometido, anuncia el infierno y coloca allí a sus detractores para que sean sometidos a minuciosas torturas. Esas torturas que sus enemigos le preparan y le aplican en este mundo del que, mientras él era arrebatado por las musas, se han adueñado y detentan con una fuerza que se afirma en la ignorancia, con una crueldad que se refina con la inteligencia y con un espíritu de seriedad tan monolítico que es lo único que nos permite deducir que ambos, la víctima y su verdugo, el poeta y el gorila, pertenecen a la misma especie.

Heráclito y Demócrito

En un manual de latín recuerdo que había una sentencia puesta allí, como todas las demás, no para ser entendida sino para ser memorizada: Rezaba así: *Heráclito lloraba siempre; Demócrito reía sin cesar.*

Si la aplicamos a la historia literaria española e hispano-americana formaríamos dos bandos irreductibles: el de los "cabecitas sonrientes", los iconoclastas que aplican "el ácido corrosivo de la risa" a las instituciones para destruirlas porque son absurdas, porque son injustas, porque son inoperantes, porque carecen de fundamento y de sentido, porque se mantienen en pie contradiciendo todas las leyes del equilibrio, porque no sirven más que como piedra de tropiezo para los que caminan, porque su importancia no oculta más que el vacío, porque su dogmatismo es la cara que da la irracionalidad. Demócrito, con todo ello, no se irrita, pues sabe que "el que se enoja pierde", sino que se divierte desmontando los mecanismos, exhibiendo las incongruencias, reduciendo a cenizas, con un soplo, una construcción que desafiaba a los siglos. Demócrito, el revolucionario.

Heráclito, el reformista, cree en el espíritu de la letra y lo que su índice de fuego señala no es la inanidad de las creencias, la estupidez inerte de las costumbres, el anacronismo de las opiniones, sino su transgresión. Condena la hipocresía "porque es el homenaje que el vicio rinde a la virtud", y él quiere que la virtud sea practicada auténticamente porque encarna los valores. Fustiga a los Tartufos porque acepta los postulados de la religión y no soporta que se le tome a la ligera, que se le practique superficialmente. Denuncia a los tiranos porque hacen mal uso de un poder legítimo, porque corrompen un sistema que, después de todo, es el mejor de los sistemas posibles y al que bastaría hacerle unos pequeños ajustes, perfeccionar un poco, puesto que, como producto humano, es siempre perfectible, y así nadie tendría motivo de queja y su funcionamiento resultaría satisfactorio. La ira, el desconsuelo del reformista es el de quien ve a un caballo "pura sangre" empleado como bestia de tiro.

Larra decía que en países como los nuestros escribir era

llorar. El escritor llora por la dureza de corazón de los ricos, por el dogmatismo de los sacerdotes, por la venalidad de los funcionarios, por la torpeza de los gobernantes, por la brutalidad de los militares, por el desamparo del justo, por la cárcel del inocente, por la miseria del oprimido, por la derrota del justo, por la frustración del creador, por la muerte del niño. Y la "vieja lágrima" que nubla su visión del mundo no ha horadado siquiera una piedra minúscula, mucho menos ha cavado ese túnel que Cortázar pretende abrir con los múltiples recursos críticos de su *roman comique.*

Valdría la pena preguntarse si la función de esa literatura de denuncia, de ese testimonio enardecido, de ese catálogo de ignominias es útil, inocuo o contraproducente. Si al describir ciertas situaciones, ciertos personajes, ciertas anécdotas, el escritor no los colma de un prestigio del que carecen en la realidad, si no les presta un atractivo demoniaco. Y si la catarsis estética no consiste tanto en purificarnos por medio del espanto que produce la contemplación del horror cuanto en liberarnos de la fascinación del abismo y apartarnos de la tentación del aniquilamiento.   □

LECTURAS TEMPRANAS

Siempre me he preguntado qué es lo que impulsa a una persona en pleno uso de sus facultades mentales, satisfecha de la vida, feliz y equilibrada, a leer. A leer libros de imaginación, aventuras ficticias, por supuesto. Porque lo otro es muy fácil de contestar: busca los conocimientos de los que carece, la información que le exigen en la escuela, en el trabajo, en el trato social. Es una actitud utilitaria que no necesita ser explicada. En cambio, la otra...

¿Por qué a don Quijote no le basta la sociedad del ama y su sobrina, del cura y del barbero de su pueblo y se afilia al club de los caballeros andantes, cuyas aventuras no únicamente admira y envidia sino que también trata de imitar? Divagación, embeleco cuando su escasa hacienda exigía ser atendida y cuidada, cuando su hidalguía estaba en trance de extinguirse, cuando el campo le brindaba entretenimientos más usuales —como la cacería, por ejemplo—, cuando la escala de Jacob, que asciende al cielo, estaba invitándolo a que pusiera el pie en el primer peldaño y luego en el siguiente y en el otro hasta elevarse adonde ya ojos humanos no pudieran alcanzarlo.

Pero don Quijote es, también, un personaje de ficción. Quizá se convirtió en eso a fuerza de lecturas. Quizá un día nosotros también... He dicho nosotros y es una mera figura retórica. Si tuviera a la mano un interlocutor estaría ya preguntándole: tú, ¿por qué, cuando eras niño, dejaste de correr tras una pelota, de saltar las bardas para escaparte de los encierros, de treparte a los árboles para comer fruta verde y preferiste la compañía de una página en la que se combinaban los signos y las letras de tal manera que el contorno de las figuras iba dibujándose y los episodios sucediéndose y el desenlace precipitándose?

Pero no hay interlocutor. Estoy monologando. Y la respuesta no puede venirme sino de mí misma y sería muy simple: porque el mundo —con la variedad y la multiplicidad de sus objetos, con el ritmo de sus acontecimientos, con sus cambios incesantes en los órdenes y las relaciones entre las cosas, con sus apariciones súbitas e inexplicables y sus desapariciones repentinas y misteriosas— me producía vértigo. Y porque, en cambio, la página era una especie de remanso tranquilo en el que se reflejaban las formas y permanecían inmutables, ofrecidas a la contemplación, invitando a su desciframiento.

Esa página era un espejo que me guardaba la consideración de no reflejarme sino de ceder el sitio a la protagonista de mi libro de lectura.

Se llamaba Lucía y aseguraba tener la misma edad que yo y era allí donde se acababan las semejanzas y comenzaban las diferencias. Porque Lucía tenía una conciencia muy clara de que era una niña y de que, además, era una niña ejemplar. Por lo tanto, se comportaba siempre (no como yo, a tientas, sin entender por qué o cómo, sin adivinar las consecuencias de sus actos, enredada en una maraña de circunstancias confusas) con la seguridad de una predestinada: obedecía a sus padres, atendía a sus maestros, cuidaba de sus hermanos, visitaba a sus amigas, daba limosna a los necesitados y pasaba sus vacaciones (esto no era capaz de comprenderlo quien, como yo, habitaba en las profundidades del aislamiento chiapaneco) en San Antonio Abad. (Ahora que he vivido muchos años en el Distrito Federal y que alguna vez he transitado por ese barrio, lo comprendo aún menos. Porque Lucía, como buen ejemplo, era capitalina y hacía ostentación de esta virtud ante las tímidas provincianas que estábamos *siendo* la patria desde nuestros respectivos lugares.)

Lucía cumplió su ciclo anual y desapareció. Para ser sustituida por los personajes de Perrault, cuyos libros de cuentos me regalaron mis padres como premio a mi aplicación en la escuela.

Allí fue —no como Buda en un camino ni en contacto directo con la realidad— donde hice el descubrimiento de la existencia del mal y de sus innumerables disfraces y encarnaciones. Supe que los lobos devoraban a las caperucitas, que los ogros eran dueños de los castillos y que los héroes que acudían a rescatar a las cautivas eran hechos prisioneros y colocados dentro de un barril erizado de clavos y arrojados desde la cumbre de una montaña hasta un abismo. Para que si no morían del susto murieran del golpe y si no de los rasguños.

Supe algo peor aún: que los reyes viudos se enamoraban de sus hijas y les proponían matrimonio. Y que las hijas, para evitar su persecución, escapaban de palacio cubiertas con una piel de asno. A mí me escandalizaban las pasiones de los adultos, que no llegaba a comprender. Pero me preocupaba más la argucia de la princesa. Si quería pasar inadvertida y ocultarse, ¿no había escogido el camino equivocado? Porque tenemos que estar de acuerdo en que una piel de asno, por la poca frecuencia con que se usa como abrigo, hace resaltar la personalidad, llama la atención, vuelve a su portador notorio, conspicuo, evidente.

Nunca averigüé el final de la aventura porque, naturalmente, caí enferma. Los médicos diagnosticaron lo que es ortodoxo que padezca un niño: resfrío, indigestión. Pero yo sé que mi fiebre tenía otro origen: el miedo. Y que el miedo (que aún hoy me estremece, que aún hoy me hace subir la fiebre) se originaba en el descubrimiento del mal del que yo no sólo tendría que ser la víctima —tarde o temprano— sino también el instrumento, el vehículo, la personificación.

Así, doliente, obligada al reposo, precisaba distracciones. Y mi padre tuvo la ocurrencia de leer en voz alta una edición expurgada, destinada a la infancia, de las *Mil y una noches*.

Había que andar con cuidado entonces porque todo podía acontecer: las alfombras se echaban a volar, los árboles hablaban y al destapar un frasco se libertaba un genio. Había mujeres metamorfoseadas en perras negras y esclavos convertidos en mármol de la cintura para abajo y sultanes que hacían su ronda nocturna en traje de mendigos. Había visires que pronunciaban sentencias crueles y esposas decapitadas al amanecer y príncipes que languidecían de amor y leprosos que se curaban por una receta mágica.

Pero ocurría también algo que era, para mí, mucho más intrigante: mi padre empezaba a tartamudear y a ruborizarse, saltaba párrafos y remendaba la narración con añadiduras de su cosecha para que no se notara el salto dado. Así, nunca pude entender nada de lo que se estaba relatando ni supe el fin de aquellas tramas tan prodigiosamente complicadas por intervenciones sobrenaturales. Pero cuando quedaba sola, me acercaba al libro (tan sigilosamente como Eva a la manzana) para esclarecer lo que se me había ocultado. Y me encontraba con enigmas insuperables, con frases tan incomprensibles como ésta: "Amina y Abdullah se entregaron entonces a transportes amorosos".

Transportes. Ahí estaba la clave. Pero esa palabra tenía entonces para mí una connotación única: era sinónimo de autobús, de camión, de tren, de aeroplano, de zepelín. Si esta palabra hubiera estado sola me habría sido perfectamente comprensible. Pero acompañada de esa otra con la que no acertaba a establecer ningún tipo de relación: amoroso, ¿qué querría decir? Nunca se me concedió el don de los iluminados. Y como mis pesquisas eran ilícitas y como la timidez me enmudecía, permanecí, ¿hasta cuándo?, en la ignorancia del meollo de las fábulas orientales.

Decidí celebrar mi decimotercer aniversario con el regalo de dos libros: uno de poemas y otro de... ¿cómo se llama eso que es como un cuento pero más largo y en el que no intervienen ni hadas ni duendes ni fantasmas y que sucede en casas comunes y corrientes, a personas semejantes a nosotros y a las personas que conocemos?

El dueño de la librería a quien iba dirigida la petición me dijo que eso se llamaba novela. Y me mandó un ejemplar de *Tú eres la paz*, de Gregorio Martínez Sierra, autor muy apropiado para las señoritas de mi edad. Porque sólo trataba de temas decentes y porque aleccionaba a los lectores con la conducta de sus personajes que era siempre correcta, mesurada y fina. En cuanto al lenguaje, era accesible sin ser corriente, sencillo sin caer en la vulgaridad y elegante sin incurrir en la afectación. Sus descripciones eran un modelo y sus diálogos un dechado. Me haría, pues, en todos sentidos, muy buen provecho.

En cuanto a la poesía, ¿quién mejor que Amado Nervo para representarla? Sin cumplir su centenario aún ya se vendía como la suma de la profundidad del pensamiento y de la perfección y de "la gracia ondulante del verso". Lo cursé. Sí. Nadie puede acusarme de que faltó a mi adolescencia una sola de las espinillas indispensables para ser una adolescencia típica.   □

ESCRITURAS TEMPRANAS

Yo no entiendo el descubrimiento de una vocación literaria como un acto de la inteligencia a la que se le revela un hecho que hasta entonces había permanecido oculto y que, a partir de entonces, queda expuesto a la evidencia, sujeto a las leyes de desarrollo, tendiendo siempre a la consecución de la plenitud.

No, yo entiendo el descubrimiento de una vocación literaria como un fenómeno que se sitúa en estratos mucho más profundos, mucho más elementales del ser humano: en los niveles en los que el instinto encuentra la respuesta, ciega pero eficaz, a una situación de emergencia súbita, de peligro extremo. Cuando se trata de un asunto de vida o muerte en que una persona se juega todo a una carta... y acierta.

No estoy hablando de mí, todavía. Estoy recordando al narrador de *En busca del tiempo perdido* que, en su infancia, asiste, curioso y maravillado, a los preparativos familiares para una cena formal a la que, desde luego, le prohíben asistir porque éstas no son todavía ceremonias apropiadas a sus años.

La prohibición, naturalmente, lo decepciona. Pero lo que le angustia, hasta un punto intolerable, es la certidumbre de que su madre no abandonará su puesto en la mesa del convite para subir, como siempre, a darle el beso de buenas noches.

Sin embargo, contra todas las previsiones de la lógica y de la costumbre, el narrador aguarda con impaciencia que ocurra lo que no podría ser más que un milagro. Para hacer que se produzca redacta un pequeño recado, un "¡ven!" perento-

186

rio que un sirviente lleva a su destinataria y que no recibe respuesta ni mucho menos satisfacción a su pedido.

Sin embargo, el narrador —por el mero hecho de haber escrito ese papel— siente que disminuye la tensión en la que se debatía, como si la escritura hubiera operado sobre él (no sobre las circunstancias exteriores) a la manera de un bálsamo. Algo misterioso ha ocurrido: una modificación liberadora.

¿Cómo no repetir la tentativa y tratar de suscitar de nuevo este suceso inexplicable? El narrador lo hará. Cada vez que el mundo se cierra, cada vez que el abismo se abre, cada vez que el cielo se derrumba ahí está, al alcance de los labios, la palabra, el conjuro. Que una vez pronunciado devuelve tranquilidad al espíritu y orden al caos, dos realidades que se interrelacionan y que se complementan.

Pero yo, como en el poema de Cernuda, a la edad del narrador de *En busca del tiempo perdido,* "no decía palabras". Habitaba en un reino anterior a ellas, el de los meros sonidos, que después supe que se armonizaban en secuencias y correspondencias. Fue entonces cuando empecé a recitar el alfabeto.

¿Qué se opone al vértigo? Las vocales. Sí, mientras son emitidas el movimiento disminuye su velocidad —como un carrusel cuya cuerda comenzara a agotarse— hasta que aquello que me mareaba, que me confundía, se queda quieto, como invitándome a subir. Porque el mecanismo va a volver a echar a andar y más vale que giremos con él y no que permanezcamos, desde lejos, mirando.

Asciendo al carrusel —con el conjuro derritiéndose entre mi boca— y cada vez que el ímpetu lo desorbita le impongo un ritmo con la pura enunciación sucesiva de la a, de la e, de la i, de la o, de la u.

Y el ritmo es tan regular y tan suave que recuerda la respiración de una criatura que duerme. Sí, he quedado dormida y sueño que mi hermano no ha muerto, que mis padres me acompañan, que la casa es pequeña y no tiene un solo espacio vacío, disponible para los fantasmas, para los murciélagos, para las brujas.

Una casa de mi tamaño... no esta desmesura que habrá que llenar de consonantes. Veintidós. Ni son suficientes ni yo acierto a inventar más. Habrá, entonces, que repetir algunas: las más sonoras, las más enfáticas, las más definitivas. No existen dogmas. Cada noche decido a mi arbitrio y según las exigencias que haya que satisfacer. Mientras llevo al cabo esta tarea (tan semejante a la del niño a quien Agustín sorprendió en la playa tratando de vaciar el mar con la ayuda de un pequeño cuenco) no soy aquella a quien la muerte ha desechado para elegir a otro, al mejor, a mi hermano. No soy aquella a quien sus padres abandonaron para llorar, concienzudamente, su duelo. No soy esa figura lamentable que vaga por los corredores desiertos y que no va a la escuela ni a paseos ni a ninguna parte. No. Soy casi una persona. Tengo derecho a existir, a comparecer ante los otros, a entrar a una aula, a pasar al pizarrón y hacer la resta de quebrados, a subirme a un templete adornado con papel de China y declamar eso que dice:

¿Qué pasa?
¿Dónde el pobre Perlín se ha escondido?
La abuelita ha recorrido
los rincones de toda la casa.

Perlín es un gato. Lo demás es anécdota... y música. ¿No podría imitarse? Bueno, la imitación es todavía una empresa excesivamente desproporcionada con los recursos de los que dispongo. Pero en cambio la copia... No una copia exacta, desde luego. Tampoco estoy capacitada para ello. Pero una aproximación aceptable. Empecemos por decir Perrín, en vez Perlín. Pero si hemos dicho Perrín hemos invocado al animal doméstico antagónico del gato, a su enemigo natural: al perro. De allí en adelante la historia ha tomado otro rumbo, tendrá otro desarrollo, acabará en otro desenlace.

Pero, pensándolo bien, el perro no me convence en lo más mínimo. El que conocí una vez era demasiado vivo, demasiado inquieto, demasiado difícil de manejar. Yo elegiría, para mencionarlo, un perro de peluche. O mejor aún: un perro imaginario. Que no haya tenido nunca ni densidad, ni volumen, ni ladrido, ni peso. Un perro que haya inventado yo. Se llama Rin-tin-tin.

El sonido de estas sílabas evoca en mí algo familiar. Hasta que por fin establezco las coincidencias: sí, Rin-tin-tin es el héroe de mil aventuras a las que sirve de clamoroso heraldo la única revista ilustrada para niños que se publica entonces: *Paquín*. El dístico surge con la fatalidad de lo inevitable:

Me gusta leer *Paquín*
porque sale Rin-tin-tin.

Lo escribo en las páginas de un cuaderno escolar, y en el momento en que lo leo me doy cuenta de que ese par de renglones que se gestaron en lo más profundo de mis entrañas, acaban de romper su cordón umbilical, se han emancipado de mí y ahora se me enfrentan como autónomos, como absolutamente independientes y todavía algo más: como extraños.

No los reconozco como objetos que alguna vez me hayan pertenecido sino simplemente como objetos que están ahí y que me instan a adquirir un grado mayor y más perfecto de existencia: la existencia pública.

Se niegan a continuar en las páginas de ese cuaderno en las que únicamente mis ojos pueden leerlos sino que aspiran a pasar a otro sitio, en el que se expongan a las miradas de todos. Obedezco, pues, y copio el par de líneas en papel de carta y la meto dentro de un sobre y la envío a la dirección de la revista infantil. Allí tienen una página dedicada a las colaboraciones espontáneas de los lectores. Allí, cumplido el lapso indispensable, contemplaré pasmada el par de líneas —ahora fijas en letra de imprenta y repetidas hasta el infinito en un número infinito de copias—, y al pie, mi nombre. Soy la autora de eso que los otros leen, comentan. De eso de lo que se apropian y sienten como suyo y lo recitan a su modo y lo interpretan como se les pega la gana. Yo no puedo hacer nada para impedirlo, para modificarlo. Yo estoy aparte, separada para siempre de lo que alguna vez albergué dentro de mí como se alberga… no, me niego a hacer el símil convencional, el hijo, con el que siempre se compara a la obra., Entonces carezco de la más mínima experiencia de lo que es la maternidad. Pero en cambio sé lo que es una enfermedad. Quedamos, pues, en que albergué el dístico dentro de mí como se alberga una enfermedad.

Y ahora estoy curada de ella. Pero expuesta al asalto de tantas dolencias. Ya no es un perro el que ladra alrededor de mí pidiéndome que lo nombre. Soy yo misma la que quiero verme representada para conocerme, para reconocerme. ¿Pero cómo me llamo? ¿A quién me parezco? ¿De quién me distingo? Con la pluma en la mano inicio una búsqueda que ha tenido sus treguas en la medida en que ha tenido sus hallazgos, pero que todavía no termina. ☐

TRADUCIENDO A CLAUDEL

TRADUCIR podrá ser, en sus resultados finales y en sus últimas consecuencias, lo que los italianos plasmaron en un refrán: traicionar. Pero en su intención primera es otra cosa. No traiciona sino el siervo y no se traiciona sino a quien se obedece, a quien se está sometido. Y el traductor es un súbdito ambicioso que aspira, fundamentalmente, a usurpar.

Ser, durante un breve momento, la encarnación de *el otro*, admirado a distancia; intentar disfrazarse usando sus investiduras, duplicar sus gestos, sus entonaciones e ir más allá de lo que la imagen pública ofrece y exhibe, y penetrar en la intimidad en la que *el otro* no es más que una criatura atormentada por sus fantasmas, perseguida por sus demonios, obsesionada por algunas figuras, por algunas asociaciones de palabras, por algunas urgencias oscuras que claman por su acceso a la claridad.

Traducir es, también, dar a las "etapas de sequedad" de las que se lamentan los místicos una apariencia laboriosa y fecunda. La mano cesa de entretenerse en trazar dibujos caprichosos y sin sentido, en redactar textos cuya unanimidad alcanza una total evidencia desde el momento en que surgen. La mano es dócil al dictado de una forma no sólo viable sino viva y se ejercita en seguir los lineamientos seguros y conclusos del autor hasta llegar, con él, a la feliz culminación y al cumplimiento total.

Entre las inagotables probabilidades de traducir se elige aquello que, de cierta manera, dice lo que nosotros, de ninguna manera, somos capaces de decir. Aquello que hubiéramos querido haber descubierto, formulado, inventado. Aquello que corresponde, con bastante exactitud, a las exigencias de nuestro temperamento, a las orientaciones de nuestro trabajo, a las necesidades —vergonzantes o explícitas— de nuestra expresión.

Traducir a Claudel, por ejemplo, no se explica si no se tiene un gusto por el ritmo declamatorio, por la opulencia verbal y ornamental, por el tono solemne, por la perspectiva según la cual los actos cotidianos se contemplan con la disposición ceremonial con que suele uno aproximarse al misterio.

"El universo es una gran metáfora", estaría de acuerdo en repetir Claudel. Una gran metáfora tras de la cual se oculta Dios, un Dios que escapa a las dimensiones con las que medimos y separamos lo bueno de lo malo, lo justo de lo injusto, lo bello de lo feo. Un Dios que desafía nuestro buen sentido, esa cualidad de pequeño-burgués, de hormiga que ahorra provisiones para el invierno y nos empuja a correr el riesgo de la contradicción, del contacto violento con la luz cegadora, de presenciar un despliegue repentino y sin límites de energía.

Claudel olvida su oficio de diplomático cuando toma la pluma de escritor. Porque sus protagonistas no van a pronunciar suaves fórmulas de cortesía sino a proferir palabras verdaderas; van a arder en la pira del sufrimiento; van a abandonarse al vértigo de las pasiones; van a convertirse en el tirso que empuña y agita la ménade en la orgía; van a ser usados como campo de batalla en el que se enfrentarán los principios que se buscan —desde el inicio de los tiempos— para aniquilarse; van a ser el despojo que resta después de la devastación que produce la divinidad cuando se manifiesta bajo la forma de hermosura, bajo la forma de amor, bajo la forma de santidad.

Claudel ha osado llevar a la escena dramas en que el hombre pierde los puntos de apoyo de la rutina, de las costumbres, de las anécdotas, y naufraga en la alta mar de la metafísica de áspero oleaje.

Claudel redactó la primera versión de *L'échange* en 1894 durante el trayecto que va de Nueva York a Boston. La visión de un país extranjero que empieza a adquirir una fisonomía de rasgos acusados en los que el europeo se esfuerza en vano por reconocer su influencia, conmueve al escritor que descubre, subyaciendo en el fondo de todas las relaciones humanas y de los contactos entre el hombre y la naturaleza, un elemento cuyos atributos son de una multiplicidad tan desaforada que nos invita a considerarlos universales; cuya omnipotencia deslumbra; cuya acción no reconoce obstáculos. Y ese elemento no tiene más realidad que la que le presta nuestro asentimiento voluntario porque es un símbolo. Ese elemento no es la riqueza sino su representación: el dinero.

L'échange, declara Claudel en 1947,

> es, quizá, la única de mis piezas que no me ha parecido necesario modificar. Los críticos sagaces no han dejado que pase inadvertido que los cuatro personajes no son más que los cuatro aspectos de una sola alma que juega consigo mismo a las cuatro esquinas.

Sin embargo, en 1951 Claudel no únicamente modifica la obra sino que redacta una segunda versión en la que se pone de manifiesto, de modo inequívoco, la idea religiosa que la anima y en la que revela el sentido profundo de sus criaturas: Marta, que aparentemente era la derrotada, resulta la mujer fuerte, por encima de todos los accidentes, a la altura de todas las circunstancias, llena de vigor y también de alegrías. Se deja seducir porque su seductor —Luis Laine— no habría acertado jamás a conquistarla. Y cuando este adolescente se doblega abrumado por el ejemplo de la autenticidad que su pareja le ofrece y pretende evadirse y dar la espalda a sus compromisos, Marta observa sus maniobras con dolor porque lo ama. Pero con ironía, porque lo entiende.

Y si la réplica de este hombre sin tuétanos que es Luis Laine va a ser un mesón desocupado que da hospedaje a sueños, a fantasmas, a figuras que se desvanecen con la luz del sol, esto es, a una actriz: Lechy Elbernon, así también el contrapeso de Marta va a constituirlo Thomas Pollock Nageoire, un puritano que se dedica a los negocios y que posee "todas las cualidades que Cristo elogia en el Evangelio al administrador infiel".

> Abrupto, vertical como una torre, hecho de una sola pieza, Thomas Pollock Nageoire cree en el dinero como en una especie de sacramento material que le hace posible la dominación del mundo, incitando nuestra preferencia por lo inmediato a la búsqueda de su satisfacción.

El dinero está marcado por ese signo de que habla el Apocalipsis según el cual se compra y se vende.

> Para efectuar este cambio, que es el tema de la pieza, para operar la conjunción de la sabiduría divina y de la habilidad práctica, ¿no es indispensable un intermediario o un banquero, es decir, un traficante de los valores invisibles?

Pero el intermediario no cumple más que con su misión de enlazar a los que se hallan distantes y precisan comunicarse, de trocar un objeto por otro que no es nunca su equivalente. Su pasión es, en todo, contraria a la pasión del avaro que atesora, que guarda, que paraliza. La avaricia es una deformación de la conciencia feudal que encuentra, en lo inmóvil, la única prefiguración de lo eterno.

Pero Thomas Pollock Nageoire es un burgués y afirma el

movimiento y el cambio y se convierte él mismo en un agente de movimiento y de cambio que mantiene la esencia del mundo que, según él, radica en el dinamismo.

Thomas Pollock Nageoire entona un himno en que

glorifica al Señor porque le dio el dólar al hombre. *(Se quita el sombrero de copa y vuelve a ponérselo.)*

Para que cada uno pudiese vender lo que tiene y procurarse lo que desea.

Y para que cada uno viva de una manera decente y cómoda. Amén.

El dinero es *otra cosa.* ¿Se da usted cuenta? Algo mejor, desde luego, en lo cual complacerse. Algo mejor aún.

No obstante este reconocimiento de la importancia del dinero y no obstante el hecho de tenerlo siempre a su disposición, Thomas Pollock Nageoire no cede nunca a la tentación de detener su curso, de convertirse en un dique para que continúe fluyendo, y permanece pobre

entre todas estas cosas en venta que son mías como si no lo fueran y no me queda nada entre las manos.

¿Para qué sirvo? Para ninguna otra cosa más que para cambiar. Para hacer que pasen las cosas de una mano a otra, de la mano derecha a la mano izquierda y recíprocamente.

¿Qué cambio pretende llevar al cabo este intermediario con los otros tres personajes que intervienen en la acción? El cambio de las posiciones. Marta dejaría de ser la esposa de Luis para convertirse en la esposa de Thomas Pollock Nageoire, y Lechy dejaría de ser la amante de Thomas Pollock Nageoire para hacerse la amante de Luis. Esta alteración, naturalmente, tiene un precio y el intermediario lo paga. Lo que no entra en sus cálculos es que hay que pagar con algo más que con dinero: con la muerte, con la evasión por el vicio, con el remordimiento de los débiles. Y con el acendramiento de la afirmación de sí misma de Marta, "la depositaria de una gran semilla", de un hijo que es la perpetuación de su estirpe, mas no por eso menos es un espíritu que a lo largo de la vida va a correr el riesgo de la libertad. □

SI "POESÍA NO ERES TÚ", ENTONCES ¿QUÉ?

¿JUSTIFICAR un libro? Es más sencillo escribir otro y dejar a los críticos la tarea de transformar lo confuso en explícito, lo vago en preciso, lo errático en sistema, lo arbitrario en sustancial. Pero cuando, como en mi caso, se reúnen todos los libros de poemas en un solo volumen que al abrirse deja leer un primer verso que afirma que

> el mundo gime estéril, como un hongo

no queda más remedio que, apresuradamente, proceder a dar explicaciones. Pues, como en su momento me hicieron ver los comentaristas, el hongo es la antítesis de la esterilidad, ya que prolifera con una desvergonzada abundancia y casi con una falta completa de estímulos. Y, en verdad, lo que yo quise decir entonces era que el mundo tenía una generación tan espontánea como la del hongo, que no había surgido de ningún proyecto divino, que no era el resultado de las leyes internas de la materia, ni la *conditio sine qua non* para que se desarrollara el drama humano. Que el mundo era, en fin, el ejemplo perfecto de la gratuidad.

¿Por qué si era eso lo que yo quería decir no lo dije? Pues sencillamente porque no acepté hacerlo. Y he de añadir que la inercia, más que la convicción, me arrastró a enarbolar como bandera de la fe que declaraba a una América más retórica que real. Yo no era optimista en tales épocas, pero el pesimismo me parecía una actitud privada y errónea, produc-

197

to de traumas infantiles y de una difícil adolescencia. Tampoco tenía la menor noción de lo que era el "continente que agoniza", pero había pensado tan poco en él que no había ido a naufragar junto con todas mis otras creencias, después de una grave crisis de valores que me había dejado en la más absoluta de las intemperies cartesianas.

Pero (ahora me doy cuenta) he atravesado por la portada del libro sin detenerme en ella. Hay allí un título —*Poesía no eres tú*— que merece un párrafo aparte. ¿Reaccionar, a estas alturas, contra el romanticismo español que tan bien encarnó Bécquer? Somos anacrónicos, pero no tanto. ¿Contradecir, por más reciente, a Rubén Darío cuando decide que no se puede ser sin ser romántico? Tampoco. Lo que ocurre es que yo tuve un tránsito muy lento de la más cerrada de las subjetividades al turbador descubrimiento de la existencia del otro y, por último, a la ruptura del esquema de la pareja para integrarme a lo social, que es el ámbito en que el poeta se define, se comprende y se expresa. El *zoon politikon* no alcanza tal categoría si no compone uno cifra mínima de tres. Aun en los Evangelios, Cristo asegura que dondequiera que dos se reúnen en su nombre vendrá el espíritu divino para rescatarlos de su soledad.

¿Triángulos a la francesa, entonces? ¿Picante vodevil? Nada más lejos de mis intenciones. Por lo pronto el vínculo entre los asociados no tiene por qué ser amoroso. Pero si lo es, yo he concebido siempre el amor como uno de los instrumentos de la catástrofe. No porque no llegue a la plenitud ni logre la permanencia. Es lo de menos. Lo de más es que, como a san Pablo, nos quita las escamas de los ojos y nos miramos tales como somos: menesterosos, mezquinos, cobardes. Cuidadosos de no arriesgarnos en la entrega y de no comprometernos en la recepción de los dones. El amor no es consuelo, sentenciaba Simone Weil. Y añadía lo terrible: es luz. Esa luz de la que el alma se retrae para no ver iluminados sus abismos, que claman para que nos precipitemos en ellos, que han de aniquilarnos, y después… La promesa no es clara. Después podría ser la nada, que no resulta concebible para la inteligencia aunque sí deseable por la sensibilidad que quiere la cesación definitiva del sufrimiento. O, acaso, renacer en otro plano de la existencia, maravillosamente sereno, ese paraíso que condensa Jorge Guillén en un verso: "donde amor no es congoja".

Así pues, parece que después de tantos ardillescos ires y venires, no soy más que una poetisa (poetisastra o poetastrisa, proponía Mejía Sánchez como alternativas) que escribe, ¡también!, sobre el amor. ¡Manes de Delmira Agustini, de Juana de Ibarborou, de Alfonsina Storni, estaos quedos! No es precisamente lo mismo. No quisiera yo resignarme a que fuera lo mismo. Cierto es que las leí con la aplicación de los aprendices. Cierto es que de la primera admiré las suntuosas imágenes y de la tercera la sonrisa irónica y de ambas el oblicuo y el directo ímpetu suicida. Cierto es que de la segunda aprendí que todo lo suyo me era ajeno. Pero mi problema nacía de otros orígenes y, consecuentemente, exigía otras soluciones.

En el momento en que se descubre la vocación yo supe que la mía era la de entender. Hasta entonces, de una manera inconsciente, yo había identificado esta urgencia con la de escribir. Lo que saliera. Y salían endecasílabos consonantes. De cuatro en cuatro y de tres en tres. Sonetos. Y su redacción me proporcionaba un alivio a la angustia como si, por un instante, me hubiera yo emancipado del dominio del caos. Reinaba el orden, irrisorio tal vez, seguramente provisional, pero orden al fin.

Alguien me reveló que eso que yo hacía se llamaba literatura. Más tarde averigüé que hay una facultad· universitaria en la que se estudian su historia y su técnica. Fui a inscribirme a ella. Sólo para convencerme de que la enumeración de fechas y de nombres, el catálogo de estilos y el análisis de los recursos no me ayudaban en lo más mínimo a entender nada. Que los programas de estudio de las letras no únicamente carecían de respuestas para las grandes preguntas sino que ni siquiera se formulaban las grandes preguntas. Que son, a saber: ¿por qué?, ¿para qué?, ¿cómo? Y me refiero, naturalmente, a todo.

El ángel de la guarda en turno me hizo ver que, contiguas a las clases de literatura, se impartían las de filosofía. Y que allí sí. Me refiero, otra vez, a todo.

Cambié de aulas. "Feliz, inadvertida y confiada", empecé a recibir las enseñanzas sobre los presocráticos. Que escribieron, si mal no recuerdo, poemas. Parménides, Heráclito dieron a sus concepciones del mundo el cuerpo de la imagen. También Platón. Aunque ya pugna por poner una línea divisoria entre los dos modos del conocimiento y expulsa de su República a los poetas porque contienen en sí un germen indeseable de disolución. Después vino Aristóteles y la separación entre filosofía y letras quedó consumada.

Cuando me di cuenta de que el lenguaje filosófico me resultaba inaccesible y que las únicas nociones a mi alcance eran las que se disfrazaban de metáforas, era demasiado tarde. No sólo estaba a punto de concluir la carrera sino que ya no escribía ni endecasílabos ni consonantes ni sonetos. Otra cosa. Anfibia. Ambigua. Y, como la cruz de especies diferentes, estéril.

¿Evidencias? Una infinidad de manuscritos destruidos y los dos primeros poemas del volumen de que hemos venido hablando: *Apuntes para una declaración de fe* y *Trayectoria del polvo*. (Que, entre paréntesis, guardan un orden cronológico distinto al de su colocación en el libro. Lo que no se advierte. Tan poco progreso hay de un texto al otro.)

El pecado sin remisión de ambos poemas es el vocabulario abstracto del que allí hice uso. Me era indispensable suplirlo por otro en el que se hiciera referencia a los objetos próximos, en el que los temas tomaran una consistencia que se pudiera palpar.

Para salir del callejón no encontré mejor manera que poner frente a mí un dechado, un ejemplo. Y luego, laboriosamente, copiarlo con la mayor fidelidad posible. Elegí a Gabriela Mistral, a la Gabriela de las "materias", de las "criaturas" y de los "recados". A la lectora de la Biblia. Lectura a la que, desde luego, me apliqué yo también. La buena sombra de tan buenos árboles (y aun mucho de su follaje) cae sobre las páginas de *De la vigilia estéril.*

Infortunado título que permitió a mis amigos hacer juegos de palabras. ¿Estéril o histéril? Y yo era soltera contra mi voluntad y el drama del rechazo de los aspectos más obvios de la feminidad era auténtico. ¿Pero quién podía adivinarlo si lo cubría tan estorbosa hojarasca? Había yo llegado a la misma conclusión del escultor: la estatua es lo que queda cuando se le ha quitado todo lo que le sobra de piedra.

La consigna era, entonces, la sencillez. Voy, con mucho mayor ligereza, al *Rescate del mundo.* Y, casi ingrávida, me pasmo ante los *Misterios gozosos* y *El resplandor del Ser.*

Pero, como decía san Agustín, el corazón es lo que pesa. Es un peso semejante el que desequilibra la balanza del poema, *Eclipse total;* sí, pero breve. El sufrimiento es tan grande que desborda el vaso de nuestro cuerpo y va a la búsqueda de recipientes más capaces. Encuentra las figuras paradigmáticas de la tradición. Dido, que eleva la trivialidad de la anécdota (¿hay algo más trivial que una mujer burlada y que un hombre inconstante?) al majestuoso ámbito en que resuena la sabiduría de los siglos.

La *Lamentación de Dido* es, además de percance individual, la convergencia de dos lecturas: Virgilio y Saint-John Perse. Uno me proporciona la materia y el otro la forma. Y sobreviene el instante privilegiado del feliz acoplamiento y del nacimiento del poema.

Que, inmediatamente, se erigió ante mí como un obstáculo. ¡Tenía yo tanto miedo de volver a escribirlo! ¡Tenía yo tanto miedo de *no* volver a escribirlo! Hasta que me decidí a ignorarlo. Y a empezar, desde cero, *Al pie de la letra*.

Entre tantos ecos empiezo a reconocer el de mi propia voz. Sí, soy yo la que escribe *La velada del sapo* tanto como el *Monólogo de la extranjera* o el *Relato del augur*. Tres hilos para seguir: el humor, la meditación grave, el contacto con la raíz carnal e histórica. Y todo bañado por la *Lívida luz* de la muerte, la que vuelve memorable toda materia.

Digo que me demoro en esta etapa porque no me gusta reconocer que me estanco. Tiene que venir un fuerte sacudimiento de afuera para que cambie la perspectiva, para que se renueve el estilo, para que se abran paso temas nuevos, palabras nuevas.

Muchas de ellas son vulgares, groseras. ¿Qué le voy a hacer? Son las que sirven para decir lo que hay que decir. Nada importante ni trascendente. Algunos atisbos de la estructura del mundo, el señalamiento de algunas coordenadas para situarme en él, la mecánica de mis relaciones con los otros seres. Lo que no es ni sublime ni trágico. Si acaso, un poco ridículo.

Hay que reír, pues. Y la risa, ya lo sabemos, es el primer testimonio de la libertad. Y me siento tan libre que inicio un "Diálogo con los hombres más honrados", es decir, con los otros escritores. Al tú por tú. ¿Falta de respeto? ¿Carencia de cultura si cultura es lo que definió Ortega como sentido de las jerarquías? Puede ser. Pero concedámonos el beneficio de la duda. Y dejemos que el *lector-cómplice* se tome el trabajo de elaborar otras hipótesis, otras interpretaciones. □

LA ANGUSTIA DE ELEGIR

EL JUEGO (¿de salón?, ¿de ingenio?, ¿de pura ociosidad?) que consiste en preguntarle a una persona supuestamente aficionada o profesionalmente dedicada a la lectura cuáles serían los 10 libros que se llevaría consigo en el hipotético caso de que se marchara a una isla desierta, no tiene más que una respuesta sensata: basta un ejemplar del *Manual del perfecto náufrago*, que alguien tiene que haber escrito alguna vez, porque no se concibe un mundo con una carencia semejante. Todo lo demás sale sobrando.

Por lo demás, nadie se va nunca a una isla desierta a sabiendas. Como nadie se iba tampoco a la Guerra de los Cien Años hasta que un siglo después un historiador consignaba el hecho. Sin embargo, se dan ciertas situaciones en las que, entre esa multiplicidad de amigos que vamos adquiriendo con los años y de los que nos sentimos rodeados y acompañados y a los que recurrimos en momentos privilegiados de alegría o turbios de lágrimas, tenemos que escoger. Porque nunca es posible llevarse consigo toda su biblioteca, por modesta que sea.

Supongámonos en uno de esos momentos, que nada cuesta suponer y que las circunstancias actuales ayudan a imaginar. ¡Qué tentación tan grande constituyen las obras completas de Proust, de Thomas Mann (de quien acaba de publicarse su epistolario, en el que, a pesar de la más profunda intimidad, no pierde nunca su señorío), de Tolstoi! Y ¿por qué no si les debemos tantas revelaciones, tantos placeres que se acrecientan en el recuerdo y en la relectura, tantos hallazgos que nos han ayudado no sólo a comprender sino fundamentalmente a vivir? Pues por la sencilla razón de que los señores valen lo que pesan y su transporte es incosteable.

Prescindamos, pues, y por las mismas razones, de *La comedia humana*, de la novelística entera de Pérez Galdós, de las sagas de Galsworthy, que últimamente, por uno de esos caprichos impredecibles, han vuelto a ponerse de moda, y procedamos a acotar el campo.

Los títulos de los que hemos prescindido no son difíciles de encontrar en ninguna de las partes a las que vayamos. Si alguna vez la nostalgia se vuelve intolerable, adquirimos un ejemplar de *Los Buddenbrook* y asunto arreglado.

Pero la nostalgia no únicamente va a ser literaria. La nostalgia va a ser del paisaje, que fue, desde que nacimos, la costumbre de nuestros ojos. De los modos peculiares de expresión y de comportamiento. De las fórmulas gracias a las cuales la relación humana se establece, se limita, se desborda o se suspende entre nosotros. Va a ser, en fin, la nostalgia por un estilo de vida que hemos abandonado, aunque sea transitoriamente, para adquirir otro o, al menos, para ensayarlo.

¿En qué espejo se contempla lo lejano, lo no presente, pero que aspira a materializarse? En ese espejo que, según Stendhal, se coloca a la orilla del camino para que recoja las imágenes fugitivas y las ordene y les proporcione el relieve que necesitan, la dimensión que les falta, la armonía de la que no estaban provistas. Ese espejo que es cada página, cada libro que nos devuelve lo que habíamos perdido y añorábamos.

Así, pues, el límite ha sido trazado. Hay que llevarse consigo literatura mexicana. Desde los poemas prehispánicos, tan hermosos, tan ritualmente insistentes en sus metáforas, en sus figuras, en sus anécdotas. Y ciertas frases oscuras pero prodigiosamente cargadas de sentido como la del guerrero que se levanta del regazo de la mujer (como se levantaría el labriego del surco abierto y fecundado) y exclama: "He bebido lo que es mío".

Y el *Popol-Vuh*, presidido por los abuelos, los antiguos ocultadores, por los que presencian el nacimiento del alba, por los que intentan una y otra vez la creación de un hombre que resista la mirada de los dioses. Y luego, la tierra, aliada y enemiga; y las tribus dispersas y los que se acercan a solicitar una migaja de los que conocen el lugar de la abundancia y contemplan la riqueza ajena "con sus grandísimos ojos de pobres".

Y el *Chilam Balam* con sus adivinanzas sagradas y sus profecías de grandes males y catástrofes. Y el sabor amargo de la verdad condensado en una frase que vale para todos los hombres, para todos los pueblos, para todas las épocas: "Toda luna, todo año, todo día, todo viento camina y pasa también. También toda sangre llega al lugar de su quietud, como llega a su poder y a su trono".

Y el augur de los Xahil, que se quejaba diciendo: "Moriréis, os perderéis", mucho antes de que estos hombres de tierra adentro supieran que a sus costas se aproximaban esas enormes casas que andaban y que venían cargadas de otras representaciones de lo divino, de otro lenguaje, de otra idea del dominio y de otra práctica de la fuerza.

Y después de la batalla sólo quedó el lamento de los sobrevivientes que así gimieron para que los escucháramos los que ahora existimos y escuchamos: "Regaron nuestros campos con sal y nuestra herencia fue sólo una red de agujeros". Red por donde se filtró la muerte, la aniquilación, la esclavitud, la nada.

En la Colonia refulgen muchos astros menores hasta que aparece ese monstruo devorador que es Sor Juana. Sí, la autora de "ese papelillo llamado El sueño" que es una *summa* de los conocimientos y las estructuras mentales de su época. La muy querida de la señora virreina, que se lucía en la corte y se encerraba en el convento porque estaba entre esa pared y la espada de un matrimonio que amenazaba con la extinción total a sus inquietudes intelectuales. Sor Juana, a la que se recurría lo mismo en la festividad conmemorativa de un santo para que diera a conocer, de modo fácil y ameno, su biografía, sus méritos y sus milagros, que en la ocasión solemne del arribo de un alto funcionario al que había que recibir con arcos triunfales adornados de sonetos alusivos. Sor Juana, la que solicitaba en un romance la gracia de la vida para un reo condenado a la última pena por las estrictas leyes de entonces. Sor Juana, la que enviaba, junto a un delicioso regalo de chocolates, un recado en verso en el que resplandecen su ingenio, su habilidad pero sobre todo su simpatía. Sor Juana, que ya se sabe criolla y no española y se enorgullece de su condición de "paisana de los metales". Sor Juana, que aprovecha sus horas de encierro en la celda de castigo para descubrir algún principio geométrico que ignoraba. Sor Juana, la que en la cocina profundiza hasta los fundamentos de la química. Sor Juana, la que en las rondas de niños percibe el ritmo que rige el universo. La que, si quiere llegar a Dios, quiere llegar por la vía del raciocinio y no de la iluminación. La que renuncia a la santidad en aras del conocimiento, y la que renuncia a la vida cuando se ve privada de su biblioteca, de sus aparatos, de todo aquello que la ayudaba a investigar, a inquirir, a conocer.

Y, por supuesto, Juan Ruiz de Alarcón. Que a la furia española opone el sosiego y la prudencia de quienes no están muy seguros de que poseen una justificación para ocupar un lugar en el espacio y para consumir una ración de tiempo y para tomarse el trabajo de hacer una historia que, a fin de cuentas, de todas maneras va a repetirse. Ruiz de Alarcón, que descubre, no sólo de manera retórica sino en situaciones concretas, que en un duelo entre el dinero y el honor saldría perdidoso el honor. Ruiz de Alarcón, tan moderno, tan mesurado, tan burgués, cuando esta palabra no tenía el sentido peyorativo que hoy tiene, sino que significaba, frente a la ideología feudal, el progreso de la humanidad.

Y después las cartas de la marquesa Calderón de la Barca. ¡Qué cuadro tan vívido de nuestras costumbres! ¡Qué retratos tan cándidos de nuestros grandes héroes o nuestros grandes despreciados! Eran seres vivos y, en su momento, absolutamente coherentes y quizá hasta necesarios.

Después viene la catarata pero me temo que muchos de ellos no sean más que nombres que hay que invocar como se invoca a las personas de la Trinidad, de la que no se excluye a ninguna, aunque no se tenga una noción muy clara de lo que se está mentando. En realidad, vuelvo a tomar contacto entrañable hasta la *Muerte sin fin* de José Gorostiza. Otro "papelillo" en el que se resume y se jerarquiza lo que sabemos, lo que soñamos, lo que deseamos del mundo.

Y oír hablar entre dientes a la diosa del maíz en los poemas de Pellicer. Y morir escuchando los murmullos de Comala. Y resucitar entre el sonido y la furia de unos cuantos poetas: Sabines, Bonifaz Nuño, Juan Bañuelos. ¿Falta alguien? Lo sabré después. □

ÍNDICE

La mujer y su imagen 9
La participación de la mujer mexicana en la educa-
  ción formal. 22
La mujer ante el espejo: cinco autobiografías 41
Natalia Ginzburg: la conciencia del oficio 46
"Por sus máscaras los conoceréis..." Karen Blixen-
  Isak Dinesen. 51
Simone Weil: la que permanece en los umbrales 56
Elsa Triolet: la corriente de la historia 61
Violette Leduc: la literatura como vía de legitimación. . 66
"Bellas damas sin piedad" 71
Virginia Woolf y el "vicio impune" 76
Ivy Compton-Burnett: la nostalgia del infierno 81
Doris Lessing: una mirada inquisitiva 86
Penélope Gilliat: la renuncia a la seducción 91
Lillian Hellman: el don de la amistad 96
Eudora Welty: el reino de la gravedad 101
El catolicismo precoz de Mary McCarthy. 106
Flannery O'Connor: pasión y lucidez. 111
Betty Friedan: análisis y praxis 116
Noche oscura del alma 1970 121
Clarice Lispector: la memoria ancestral 124
Mercedes Rodoreda: el sentimiento de la vida 129
Corín Tellado: un caso típico. 135
María Luisa Bombal y los arquetipos femeninos 140
Silvina Ocampo y el "más acá". 146
Ulalume y el duende 151

209

La mujer mexicana del siglo XIX 156
María Luisa Mendoza: el lenguaje como instrumento . . 161
El niño y la muerte 166
Notas al margen: el lenguaje como instrumento de do-
  minio 171
Notas al margen: nunca en pantuflas 176
Lecturas tempranas 181
Escrituras tempranas 186
Traduciendo a Claudel 191
Si "poesías no eres tú", entonces ¿qué? 197
La angustia de elegir 203

Este libro se terminó de imprimir y encuadernar en el mes de septiembre de 1999 en Impresora y Encuadernadora Progreso, S. A. de C. V. (IEPSA), Calz. de San Lorenzo, 244; 09830 México, D. F. Se tiraron 1 000 ejemplares.

OTROS TÍTULOS DE LA
COLECCIÓN LETRAS MEXICANAS

Aguilar Mora, Jorge. *Esta tierra sin razón y poderosa.*
Alatriste, Sealtiel. *Tan pordiosero el cuerpo. (Esperpento).*
Andrade, Manuel. *Celebraciones.*
Azuela, Mariano. *Obras completas. I. Novelas.*
Azuela, Mariano. *Obras completas. II. Novelas.*
Azuela, Mariano. *Obras completas. III. Teatro, biografías, conferencias y ensayos.*

Beltrán, Neftalí. *Poesía (1936-1977).*
Blanco, Alberto. *Giros de faros.*
Bonifaz Nuño, Rubén. *De otro modo lo mismo.*
Bonifaz Nuño, Rubén. *Albur de amor.*

Campbell, Federico. *Pretexta.*
Carrión Beltrán, Luis. *El infierno de todos tan temido.*
Castellanos, Rosario. *Poesía no eres tú.*
Castillo, Ricardo. *El pobrecito señor X. La oruga.*
Castro Leal, Antonio. *Repasos y defensas. Antología.*
Cervantes, Francisco. *Heridas que se alternan.*
Contreras Quezada, José. *Atrás de la raya de tiza.*
Cordero, Sergio. *Vivir al margen. Poemas 1981-1986.*
Cortés Bargalló, Luis. *El circo silencioso.*
Cross, Elsa. *Canto Malabar.*
Cuesta, Jorge. *Antología de la poesía mexicana moderna.*
Chimal, Carlos. *Escaramuza.*
Chumacero, Alí. *Palabras en reposo.*
Chumacero, Alí. *Los momentos críticos.*

Deniz, Gerardo. *Enroque.*
Deniz, Gerardo, *Gatuperio.*
Domecq, Brianda. *Bestiario doméstico.*

Esquinca, Jorge. *Alianza de los reinos.*
Estrada, Genaro. *Obras. Poesía-Narrativa-Crítica.*

Fernández, Sergio. *Retratos del fuego y la ceniza.*
Fernández MacGregor, Genaro. *El río de mi sangre.*
Flores, Miguel Ángel. *Erosiones y desastres.*

Galindo, Sergio. *Declive.*
Galindo, Sergio. *Los dos Ángeles.*
Gamboa, Federico. *Novelas*
García Bergua, Jordi. *Karpus Minthej.*

García Icazbalceta, Joaquín. *Escritos infantiles.*
García Ponce, Juan. *Encuentros.*
García Ponce, Juan. *Figuraciones.*
García Ponce, Juan. *Apariciones.*
Gardea, Jesús. *El sol que estás mirando.*
Garrido, Felipe. *Con canto no aprendido.*
Gómez Robelo, Ricardo y Carlos Díaz Dufoo. *Obras.*
González Durán, Jorge. *Ante el polvo y la muerte. Desareno.*
González, Emiliano. *Almas visionarias.*
González Pagés, Andres. *Retrato caído.*
Gorostiza, Celestino. *Teatro mexicano del siglo XX. III.*
Gorostiza, José. *Poesía.*
Guerrero Larrañaga, E. *Identificaciones.*
Gutiérrez Vega, Hugo. *Las peregrinaciones del deseo.*
Guzmán, Martín Luis. *Obras completas* (2 vols.)

Hernández, Luisa Josefina. *Carta de navegaciones submarinas.*
Hernández Campos, Jorge. *La experiencia.*
Hernández, Efrén. *Obras.*
Hinojosa, Francisco. *Informe negro.*
Huerta, David, *Versión.*

Icaza, Francisco A. de. *Obras.* (2 vols.)

Langagne, Eduardo. *Navegar es preciso.*
López Moreno, Roberto. *Yo se lo dije al presidente.*
López, Rafael, *Crónicas escogidas.*

Madrigal Mora, José. *El general hilachas.*
Magaña-Esquivel, Antonio. *Teatro mexicano del siglo XIX.*
Magaña-Esquivel, Antonio. *Teatro mexicano del siglo XX. vol. II*
Magaña-Esquivel, Antonio. *Teatro mexicano del siglo XX. vol. IV*
Magaña-Esquivel, Antonio. *Teatro mexicano del siglo XX. vol. V.*
Magdaleno, Mauricio. *Agua bajo el puente.*
Maples Arce, Manuel. *Las semillas del tiempo.*
Márquez Campos, Alfredo. *Dalia.*
Martínez, José Luis. *El ensayo mexicano moderno. I.*
Martínez, José Luis. *El ensayo mexicano moderno. II.*
Mendiola, Víctor Manuel. *Nubes.*
Mendoza, Vicente T. *Glosas y décimas de México.*
Mendoza, Vicente T. *Lírica infantil de México.*
Miret, Pedro F. *Rompecabezas antiguo.*
Montemayor, Carlos. *Abril y otros poemas.*
Monterde, Francisco. *Teatro mexicano del siglo XX. I.*
Montes de Oca, Marco Antonio. *El surco y la brasa.*
Morábito, Fabio. Lotes baldíos.
Muñiz-Huberman, Angelina. *De magias y prodigios.*

Nandino, Elías. *Cerca de lo lejos.*
Novo, Salvador. *Poesía.*

Owen, Gilberto. *Obras.*

Pacheco, José Emilio. *Irás y no volverás.*
Pacheco, José Emilio. *Tarde o temprano.*
Patán, Federico. *En esta casa.*
Patán, Federico. *Nena, me llamo Walter.*
Paz, Octavio. *La estación violenta.*
Paz, Octavio. *Libertad bajo palabra.*
Paz, Octavio. *Pasado en claro.*
Paz, Octavio. *Xavier Villaurrutia en persona y en obra.*
Paz, Octavio. *México en la obra de Octavio Paz.* (3 vols.)
Pellicer, Carlos. *Hora de junio.*
Pellicer, Carlos. *Obras. Poesía.*
Pellicer, Carlos. *Práctica de vuelo.*
Pellicer, Carlos *Recinto y otras imágenes.*
Pellicer, Carlos. *Reincidencias. Obra inédita y dispersa.*
Pellicer, Carlos. *Subordinaciones.*
Ponce, Manuel. *Antología poética.*
Portilla Livingston, Jorge. *Relatos y retratos*
Pulido, Blanca Luz. *Raíz de sombras.*

Quiñónez, Isabel. *Alguien maúlla.*

Ramírez Castañeda, Elisa. *¿Quieres que te lo cuente otra vez?*
Ramírez Juárez, Arturo. *Rituales.*
Reyes, Jaime. *Isla de raíz amarga.*
Rivas, José Luis. *Tierra nativa.*
Rivera. Silvia Tomasa. *Duelo de espadas.*
Rubín, Ramón. *Cuentos del mundo mestizo.*
Rubín, Ramón. *El canto de la grilla.*
Rubín, Ramón. *La bruma lo vuelve azul.*
Rulfo, Juan. *Obras.*
Sada, Daniel. *Juguete de nadie.*
Samperio, Guillermo. *Gente de la ciudad.*
Sandoval Zapata, Luis de. *Obras.*
Santisteban, Antonio. *Los constructores de ruinas.*
Sicilia, Javier. *La presencia desierta.*
Silva y Aceves, Mariano. *Un reino lejano. narraciones/crónicas/poemas.*

Torres Bodet, Jaime. *Obras escogidas. Poesía-Autobiografía-Ensayo.*
Torres Sánchez, R. *Fragmentario.*
Torri, Julio. *Diálogo de los libros.*
Torri, Julio. *Tres libros.*
Trejo, Ernesto. *El día entre las hojas.*

Uribe, Álvaro. *La linterna de los muertos.*
Uribe, Marcelo. *Las delgadas paredes del sueño.*
Urquizo, Francisco L. Obras escogidas.
Usigli, Rodolfo. *Teatro completo. I.*
Usigli, Rodolfo. *Teatro completo. II.*
Usigli, Rodolfo. *Teatro completo. III.*

Valdés, Carlos. *El nombre es lo de menos.*
Vallarino, Roberto. *Exilio interior. (Poemas, 1979-1981).*
Vasconcelos, José. *Memorias.* (2 tomos).
Vázquez Aguilar, Joaquín. *Vértebras.*
Vento, Arnaldo Carlos. *La cueva de Naltzatlán.*
Villaurrutia, Xavier. *Antología.*
Villaurrutia, Xavier. *Obras (Poesía. Teatro. Prosas varias. Crítica).*

Yáñez, Ricardo. *Ni lo que digo.*